Dominazione erotica e sottomissione
Vol. 9

Erika Sanders

Dominazione erotica e sottomissione
Vol. 9

Erika Sanders
Serie
Collezione di dominazione erotica

Immagine di copertina: © krivitskiy- Pixabay, 2025

Prima edizione: 2025

Sinossi

È una raccolta di romanzi forti Contenuti BDSM erotici appartenenti alla raccolta Domination and erotic submission, una serie di romanzi ad alto contenuto BDSM romantico ed erotico.

Questa raccolta contiene i romanzi:
- Moglie BDSM.
- Scrittrice BDSM.
- Bibliotecaria BDSM.
(Tutti i personaggi hanno 18 anni o più)

Nota dell'autrice:

Erika Sanders è una scrittrice di fama internazionale, tradotta in più di venti lingue, che firma i suoi scritti più erotici, lontani dalla sua solita prosa, con il suo cognome da nubile.

Indice:

DOMINAZIONE EROTICA E SOTTOMISSIONE VOL. 9
ERIKA SANDERS

MOGLIE SOTTOMESSA

PRIMEIRA PARTE:
20 anni di matrimonio

CAPITOLO 1

Era un'altra notte di sesso insipido.

Ma nessuno dei due si è lamentato.

Dopo 20 anni di matrimonio, il sesso era diventato una routine più di ogni altra cosa.

Rachel tornò a letto dopo essersi lavata tra le gambe.

Spense la luce, si infilò sotto le coperte e si sdraiò accanto a suo marito.

"È stato adorabile", ha detto.

"Lo è stato", rispose Roger. "Un po 'meglio da quando i ragazzi vanno al college, giusto?"

Lo spinse con un gomito.

"Che cosa orribile dici."

"Ma devi ammettere che è bene che non dobbiamo più tacere. E possiamo lasciare la porta aperta."

Rachel ci pensò un momento.

"Credo di sì. Ma comunque mi mancano così tanto."

"Anche io."

Lei chiuse gli occhi.

"Buona notte."

"Buonasera, tesoro," rispose lui, baciandola sulla fronte.

CAPITOLO 2

Il giorno seguente fu una tipica giornata di lavoro per Rachel.

È stata contabile in una società di revisione contabile di medio livello.

Con la recente crescita economica nel centro della città, ha avuto molto lavoro da fare per i nuovi clienti.

Durante il pranzo, ha mangiato con lo stesso gruppo di donne che aveva mangiato negli ultimi anni.

Parlarono dei loro soliti argomenti: gossip, notizie di intrattenimento, famiglia, i loro figli, nuove ricette, ecc.

Erano tutti i migliori amici e godevano sempre della reciproca compagnia.

Erano quasi le sei del pomeriggio quando Rachel tornò a casa.

L'auto di Roger era già sul vialetto.

Quando entrò in casa, era particolarmente silenzioso.

Roger diceva rapidamente "ciao".

Lo chiamò, ma non ottenne risposta.

Quando Rachel entrò in cucina, un paio di braccia si avvolse intorno al suo corpo da dietro.

Le mani gli toccarono il petto lascivamente.

Lei urlò ad alta voce.

"Va bene!" disse, liberandola. "Sono io! Sono io!"

Si voltò rapidamente per vedere un'espressione sbalordita sul viso di Roger.

Chiaramente non si aspettava che sua moglie reagisse in questo modo.

"Dio! Roger! Non spaventarmi mai più così!"

"Volevo sorprenderti".

"Come è stata una sorpresa?" era furiosa. "Mi hai spaventato alla luce del giorno. Pensavo che mi stessero attaccando!"

"Scusa. Stavo solo cercando di essere romantico."

"Non c'è niente di romantico nell'essere toccato in quel modo."

"Mi dispiace. Non lo farò più."

Rachel si prese un momento per calmarsi.

"Non intendevo arrabbiarmi così tanto. È solo, per favore, sii un po 'più attento alle tue sorprese, okay?"

"Non ci siamo mai più divertiti. Hai notato?"

"Per favore Roger, non sono dell'umore giusto per questo in questo momento."

"Okay" annuì sconfitto.

Rachel si voltò e andò nella stanza per cambiarsi.

Si sedette sul letto e sospirò.

CAPITOLO 3

Il giorno successivo.

Rachel era davanti al computer a fare il suo lavoro di contabilità.

Il suo telefono squillò.

Era suo marito.

Lei rispose alla chiamata e quando Roger le disse che era importante, disse di aspettare un momento mentre usciva per avere più privacy.

Si chiese di cosa potesse trattarsi la chiamata.

Roger raramente chiamava mentre era al lavoro.

Suppose che non potesse essere per via della sua lotta ieri, perché aveva già risolto quella stessa notte.

"Sì?" Disse quando era fuori, lontano dagli altri colleghi.

"Facciamo un viaggio la prossima settimana", rispose senza mezzi termini. "C'è un posto tranquillo dove possiamo andare vicino alla costa."

"Non posso davvero. Le cose sono molto impegnate con il mio lavoro in questo momento."

"Anche il mio è così. Ma possiamo fare un buco. Possiamo andare venerdì prossimo e rimanere durante il fine settimana. Prenditi solo un giorno libero dal lavoro."

"Ma non ce n'è bisogno", rispose lei, cercando di ragionare con lui. "Non sono arrabbiato con te. Non l'abbiamo chiarito ieri sera?"

"Non riguarda ieri. Riguarda il nostro matrimonio."

Quelle parole mandarono uno shock completo attraverso la colonna vertebrale ai piedi di Rachel.

Aveva sempre supposto che il suo matrimonio fosse stato forte e che avesse dato a Roger tutto ciò che aveva sempre desiderato da una moglie.

"Il nostro matrimonio è nei guai?" lei chiese.

"Non parlare così. Ma c'è un modo per rendere il nostro matrimonio ... migliore ..."

Un altro segno gli scese lungo la schiena.

"Di cosa tratta questo viaggio?"

"Penso che ci sia qualcuno che può aiutarci."

"Un consulente matrimoniale?" chiese sorpresa.

Si fermò per un momento.

"Sì. Qualcosa del genere. Un consulente matrimoniale."

"Non lo stiamo facendo male, vero? Pensavo ... pensavo ..."

La voce di Rachel si stava soffocando e i suoi occhi si stavano bagnando.

"Non stiamo facendo nulla di male", rispose, cercando di rassicurarla. "Ma penso che possiamo migliorare. Questo è qualcosa a cui sto pensando da un po'."

"Bene. Se pensi che sia per il meglio."

"Grazie, tesoro. Mi dispiace di averti chiamato al lavoro. È una cosa dell'ultimo minuto. Aveva un posto vacante all'ultimo minuto nel suo programma e voleva approfittarne."

Rachel alzò un sopracciglio.

"Lei? Il consulente è una donna?"

"Sì."

"Che cosa sai di questa persona? Perché dobbiamo viaggiare così lontano per lui?"

"Spiegherò più tardi. Ma ha una reputazione unica. E penso che farà meraviglie per noi."

"Se è quello che vuoi, allora va bene."

"Sono contento che tu sia aperto a questo. Stasera discuteremo i dettagli."

"Ok ciao."

"Addio."

La chiamata terminò e Rachel rimase scioccata dal telefono in mano.

Una bomba era caduta su di lei, ma si rese conto che avrebbe fatto qualsiasi cosa per mantenere forte il suo matrimonio.

CAPITOLO 4

Alcuni giorni dopo.

Rachel era in piedi nella stanza a piegare i vestiti per il viaggio successivo.

Sapeva che il tempo sarebbe stato caldo, quindi ha messo in valigia magliette, pantaloncini, sandali e costumi da bagno che Roger le aveva detto di indossare come sarebbero stati vicino alla spiaggia.

Non voleva andare, non solo perché l'idea sarebbe costata loro migliaia di dollari, ma perché aveva bisogno di passare molto tempo al lavoro, e questa giornata persa sarebbe stata un giorno che avrebbe dovuto recuperare.

Ma se questa è stata la cosa migliore per il tuo matrimonio, allora non volevi litigare.

Ciò che lo infastidiva di più era il fatto che Roger fosse insolitamente scarso e pigro per la questione della consulenza matrimoniale.

In tutti i loro anni di matrimonio, erano sempre stati aperti su tutto.

Non c'erano mai stati segreti.

Non c'erano mai bugie.

Ecco perché il loro matrimonio ha avuto tanto successo.

Fino ad ora...

Trascorse molto tempo a chiedersi perché Roger volesse vedere un consulente.

Cosa succede al nostro matrimonio?

Ho pensato che fosse tutto a posto.

Ho pensato che tutto fosse perfetto tra di noi.

È sesso?

Non sono più abbastanza bravo?

Vuoi qualcun altro?

Sta avendo una relazione ?!

La valigia era quasi piena.

Tutto ciò che restava da mettere era il costume da bagno.

C'era una vecchia coppia nel suo armadio.

Che non usava da anni.

Si spogliò davanti allo specchio.

Guardò il suo corpo nudo.

Le lievi linee sul suo viso erano cresciute.

I suoi seni in precedenza molto vivaci avevano cominciato a deformarsi.

I suoi fianchi stavano diventando più spessi nonostante l'aerobica.

La verità è che non c'è da meravigliarsi che Roger voglia vedere un consulente.

Si mise il costume da bagno e si mise di fronte allo specchio con lui.

Ti piacerà questo.

In quel momento, Roger lasciò il suo ufficio a casa e si avvicinò a Rachel con un'espressione accigliata.

"Che succede?" chiese lei, sempre in costume da bagno.

"Ho appena parlato al telefono con il mio capo. Uno dei nostri clienti ha appena ricevuto una causa da svariati milioni di dollari. Non posso più partire per quel viaggio."

Lo guardò negli occhi e sapeva che Roger stava dicendo la verità.

Un raggio di speranza attraversò la mente di Rachel.

Era contenta che il viaggio fosse stato probabilmente cancellato.

"È molto brutto", rispose. "Questo significa che il viaggio è stato annullato?"

"Non ha senso annullare l'intero viaggio perché ho già pagato i voli e le disposizioni di consulenza. Dovresti andare da solo."

Lei era sorpresa.

"Vuoi che veda un consulente matrimoniale da solo? Che senso ha?"

Il sospiro

"Rachel, ti amo così tanto. Ti amo più di ogni altra cosa. Sei l'amore della mia vita."

"Oh Dio, hai una relazione. Non è così? C'è qualcun altro, giusto?"

"No, non è così", ha detto con enfasi. "Non ti tradirei mai. Non l'ho mai fatto e non lo farò mai."

"Allora, cosa sta succedendo? In questi ultimi giorni, sei stato molto evasivo in questo viaggio. Mai prima d'ora sei stato così riservato."

Sospirò di nuovo e scosse la testa.

"Scusa. Non sono stato completamente onesto con te. Penso di non essere così coraggioso come pensavo."

"Dimmi cos'è?"

"Ti fidi di me?"

"Certo che lo so. Se hai una relazione, dimmelo. Possiamo scoprirlo."

"Non ho una relazione, Rachel. Ma penso che ci debbano essere cambiamenti nel nostro matrimonio."

"Non sono più abbastanza bravo?" lei chiese.

"Smetti di dire cose del genere. Sei mia moglie. Ti amo più di ogni altra cosa."

"Allora perché non sei onesto con me?" richiesto.

Lui scosse la testa.

"Sto cercando di essere onesto. Ma non posso. Non è facile. Fidati di me, vorrei che tutto fosse facile."

"Non ti capisco più, Roger."

Una tristezza apparve sul suo viso.

"Puoi promettermi che andrai ancora? So che è difficile andare così, ma non te lo chiederei se non avessi pensato che potesse aiutare a salvare il nostro matrimonio."

"Pensi che il nostro matrimonio debba essere salvato?" chiese lei, con le lacrime agli occhi.

"Per favore, non renderlo più difficile, Rachel. Puoi promettermi che andrai da solo? Voglio che tu incontri il consulente e ascolti quello che ha da dire. Ascolta, e se non ti piace, poi torna a casa. Per favore, Ti scongiuro ".

Le lacrime le stavano già scorrendo lungo il viso.

Rachel annegò in loro e riuscì a malapena a parlare.

Quindi mise le braccia intorno a suo marito e gli diede un grande abbraccio soffocante.

Non avrebbe perso il matrimonio, quindi non importava il costo.

SECONDA PARTE:
Lady Samantha e la moglie

CAPITOLO 5

Rachel vide un uomo ben vestito dopo aver lasciato il terminal dell'aeroporto con i suoi bagagli.

L'uomo aveva in mano un cartello con sopra il suo nome.

Hanno parlato e confermato l'identità di entrambi.

Salì sulla sua auto di lusso per un viaggio di circa trenta minuti fino a quando non raggiunsero la loro destinazione.

Sperava di arrivare in un edificio per uffici.

Ma fu sorpreso di vedere che la destinazione era in realtà una grande casa vicino alla spiaggia, che sembrava più un palazzo.

Il proprietario del posto era una persona molto ricca.

E il proprietario non era assolutamente un normale consigliere matrimoniale.

L'auto si fermò sul vialetto.

L'autista è andato al bagagliaio per portare fuori i bagagli.

In quel momento, la porta d'ingresso della villa sulla spiaggia si aprì ed emerse una donna alta e statuaria.

Aveva un aspetto sbalorditivo, sulla trentina, con lunghi capelli ondulati e un corpo modello.

"Devi essere Rachel" sorrise la donna. "Ho sentito cose meravigliose su di te."

"Sono io. E tu lo sei?"

"Samantha. Benvenuti a casa mia."

Le due donne si strinsero la mano calorosamente.

"Che posto meraviglioso. Certamente non mi aspettavo niente del genere."

"La maggior parte della gente no. È un peccato che tuo marito non sia stato in grado di venire."

"Conosci mio marito?" Chiese Rachel.

"Viaggio molto con mio padre per lavoro e ho visto tuo marito diverse volte. Ma ne possiamo parlare più tardi. Sono sicuro che sei esausto. Lascia che ti mostri prima nella tua stanza."

Samantha condusse Rachel insieme all'autista su per le scale dal grande palazzo alla camera degli ospiti.

L'autista mise i bagagli in camera da letto e poi se ne andò.

Rachel era in costante stato di meraviglia mentre guardava il palazzo.

Non riuscì a capire quanto sarebbe valso tutto.

"Ti lascio fare la doccia e riposare" disse Samantha. "Gli asciugamani sono nello stesso bagno. Vieni in spiaggia verso le sei del pomeriggio. Possiamo guardare il tramonto insieme e bere un po 'di succo di frutta fresca."

"Sembra delizioso".

Samantha sorrise.

"Ci vediamo".

CAPITOLO 6

Rachel fece una doccia fredda e si rilassò.

La stanza degli ospiti in casa era migliore di qualsiasi altra stanza in qualsiasi hotel di lusso in cui fosse stato.

Tutto era puro lusso e classe.

Si chiese cosa avesse pianificato Roger.

***

Arrivarono le sei e Rachel scese le scale, vestita casualmente per il clima caldo in cui si trovavano.

Uscì sulla spiaggia e scoprì che la vista era meravigliosa.

Avevo dimenticato quanto poteva essere bello l'oceano, specialmente durante un tramonto.

Vide Samantha lì in piedi, ammirando la vista sull'oceano.

"Sei così fortunato da poterlo godere ogni giorno", ha detto Rachel.

"Infatti."

"Allora, cosa ci fai esattamente qui?"

"Cosa ti ha detto Roger?"

"Non molto, sfortunatamente. È solo che sei una specie di consulente matrimoniale. Ma a quanto pare, non sono del tutto sicuro che sia così."

"Faccio varie cose", rispose Samantha. "Faccio un po 'di sviluppo immobiliare e di lavoro per conto di mio padre. Ma faccio anche favori per le persone. Favori che mi piace molto dare."

"Come? Consulenza matrimoniale?"

Samantha mostrò un bel sorriso.

"Puoi dirlo anche così."

"Perché tutti sono così vaghi su questo? C'è un segreto che non dovrei conoscere?"

"Se vuoi sapere la verità, ho aiutato molte coppie nel corso degli anni. Non mi importa dei soldi. Lo faccio per piacere. Mi piace aiutare."

"E come aiuti esattamente queste coppie?" Chiese Rachel.

"Come pensi? Qual è la base di una buona relazione?"

"Amore", rispose Rachel.

"Sesso", fece l'occhiolino Samantha. "Io aiuto le coppie a fare sesso per loro."

Rachel rimase scioccata fino in fondo, ma non lasciò che la sua faccia lo mostrasse.

Fu sorpresa che il suo amato marito di vent'anni ci stesse pensando quando le parlò di lei.

"Quindi sei una terapista sessuale?"

"Non mi piacciono molto le etichette", rispose Samantha. "Ma so molto sul sesso. So cosa piace alla gente e come può essere migliorato. È un talento naturale che ho."

"Non penso che sia giusto per me. Grazie per la gentile ospitalità, ma dovrei andare. Prenderò il prossimo volo per casa."

"Sei appena arrivato".

"Lo so ma..."

"Roger mi ha avvertito che saresti preoccupato per questo."

"Hai dormito con lui?" Chiese Rachel senza mezzi termini.

"No. Credimi, tuo marito è un uomo fedele. L'ho appena visto e sapevo che la sua vita sessuale era molto carente. Quindi, quando ho trovato un'opportunità sul mio programma, ho fatto un'offerta a tuo marito."

Rachel socchiuse gli occhi.

"Sì, in cambio di diverse migliaia di dollari dei soldi di mio marito, giusto?"

"Come ho detto, i soldi non significano nulla per me. Guardati intorno, non ho bisogno dei soldi di tuo marito. Ma se non faccio pagare le persone, avrò una lunga fila di uomini che aspettano fuori dalla mia porta per ottenere un servizio gratuito ".

"Bene, grazie per l'ospitalità. Non voglio perdere tempo. Questo non fa per me. Prenderò il prossimo volo disponibile."

Samantha annuì.

"È perfettamente comprensibile. Puoi restare qui quanto vuoi. Il mio autista ti porterà quando vuoi. Restituirò i soldi di tuo marito il più presto possibile."

"Grazie."

"Buona fortuna con il tuo matrimonio", disse Samantha, riportando la sua attenzione sul sole al tramonto.

Rachel si fermò per un lungo momento.

"Che cosa sai del mio matrimonio?"

"Tuo marito lo voleva per una ragione specifica. Quindi so che la tua vita sessuale deve essere incredibilmente noiosa e monotona."

"C'è di più nel matrimonio oltre al semplice sesso. Ci amiamo. Siamo grandi partner nella vita."

"Continua a dirtelo," rispose Samantha. "Tuo marito ovviamente sente che manca qualcosa nella tua relazione. Ma se pensi che tutto sia perfetto, sentiti libero di andartene."

Rachel fece un'altra lunga pausa.

"Se resto qui, voglio dire, nei prossimi giorni, che cosa accadrà? Che cosa farò qui?"

"Se rimani, ti insegnerò le gioie del dominio e della sottomissione. Questa è la mia specialità. Qualcuno come Roger ha bisogno di sentirsi come l'uomo nella relazione. Posso insegnarti come servirlo correttamente."

"Sembra un po 'rozzo."

"Il sesso è crudo. Ma è anche bello. Quando è stata l'ultima volta che hai avuto un orgasmo strabiliante? Il tipo che lascia una pozzanghera tra le gambe."

"Non ricordo", rispose Rachel. "Anni. Forse di più."

"Poverino. Ma posso sistemarlo. Le donne anziane, in particolare le mogli, sono una mia specialità."

"Non stiamo andando a ... sai ..."

"Lo faremo. Faremo tutto insieme."

"Non posso farlo", rispose Rachel. "È pazzesco. Non ho mai fatto niente con un'altra donna prima."

Pensala come un'esperienza di apprendimento. Inoltre, non è pazzesco se tuo marito pensa che sia benefico. "

"Sei sicuramente molto entusiasta di questo intero progetto."

Samantha sorrise.

"Dovresti esserlo anche tu."

"E adesso?"

"Ora, torno dentro per prepararmi per la cena. Il mio chef sta facendo qualcosa di delizioso. Se vuoi restare, unisciti a me per cena. Se vuoi andartene, parla con il mio autista."

"Voglio restare."

"La cena dovrebbe essere pronta presto. Possiamo conoscerci meglio. Domani è quando inizia il vero divertimento."

Samantha mostrò un altro sorriso pieno di insinuazioni.

Quindi si voltò per entrare nella sua grande dimora.

CAPITOLO 7

Il giorno successivo.

Una piccola parte del personale ha servito la colazione all'aperto.

Tutto è stato gestito correttamente.

Tutto il cibo era preparato al momento.

Le due donne si godevano la reciproca compagnia mentre facevano colazione.

"Posso davvero abituarmi a questo", scherzò Rachel.

Samantha gli fece l'occhiolino.

"Chi cucina di solito in casa tua? Suppongo che tu sia. Sembri una donna molto domestica."

"Sono cresciuto alla vecchia maniera. Vengo da una lunga fila di casalinghe."

"Tipico. Hai quel classico aspetto conservatore."

"Lo sento molto", scrollò le spalle Rachel. "Ma per una buona ragione. Adoro prendermi cura della mia famiglia. Adoro essere la madre e la moglie ideali per loro."

Samantha annuì.

"Sono sicuro che Roger apprezza tutto ciò che fai in casa."

"Sì," rispose Rachel. "Sono molto fortunato ad averlo. La maggior parte dei mariti non apprezza il lavoro svolto dalle mogli per loro."

"Roger ti ricompensa? Ti permette di succhiare il suo cazzo?"

"Scusate?"

"Roger ti fa succhiare il pene quando sei stata una brava ragazza?"

Rachel fu sorpresa dai discorsi osceni a colazione, specialmente di fronte allo staff.

Le conversazioni sfacciate sul sesso le erano sempre sembrate di cattivo gusto.

"Non penso che siano affari tuoi," rispose Rachel.

"Non è così? Pensavo volessi il mio aiuto."

"Suppongo, ma ..."

"Sinceramente. Siamo entrambe donne adulte. E il mio staff è molto discreto. Sto solo cercando di aiutarti."

Rachel sospirò leggermente.

"Lo faccio per lui, solo a volte. Non mi piace davvero farlo".

"Allora, in che cosa consiste la tua vita sessuale con Roger? Ti arrampica su di te, ti fa delle oscillazioni e poi corre?"

"Fondamentalmente."

Samantha quasi rise.

"Non è una bella vita sessuale. Sembra più una formalità."

"Funziona per noi."

"Ovviamente no. Roger ti vuole qui per una ragione. Odio darti notizie, ma Roger è un ragazzo normale e arrapato. Ama il sesso. E adora fare i pompini. Ma è troppo timido per chiedere favori alla sua piccola moglie carina. extra ".

"Sei presuntuoso."

Samantha alzò un sopracciglio.

"Lo sto facendo? Roger ha mai rifiutato il sesso? Sembra un ragazzo delle superiori ogni volta che gli fai schifo il cazzo? Sai che ho ragione. Tutti gli uomini sono uguali quando si tratta di sesso."

"Non è così che sono cresciuto", disse Rachel dopo una lunga pausa. "Probabilmente hai ragione su Roger. Ma non so più come compiacerlo."

Samantha schioccò le dita e qualcuno del personale portò un giocattolo del sesso su un vassoio d'argento.

Samantha lo raccolse e lo staff se ne andò.

Il sex toy color carne aveva la forma di un pene da uomo.

"È incredibile quanto siano diventati realistici questi giocattoli per adulti", ha detto Samantha, sollevandolo in alto e stupito.

Sebbene fossero all'aperto, a Samantha non sembrava importare tenere un dildo.

Rachel si sentì un po 'a disagio, anche se non c'era nessun altro in giro.

"Non hai paura che qualcuno possa venire a trovarti con quello?" Chiese Rachel.

"È perfettamente legale avere un sex toy nello stato."

Rachel annuì timidamente.

"Hai ragione."

"Non c'è niente di sbagliato nel baciarne uno."

"Cosa intendi?"

Samantha scosse leggermente il dildo.

"Vai avanti, bacialo."

"Perché?"

"Sono curioso di come sembri con un pene in bocca."

Rachel sembrava nervosa quando Samantha le porse il dildo, che era puntato sul suo viso.

Immaginava che discutere sarebbe stato inutile.

Era ospite in una casa di lusso.

Sapeva che sarebbe stato scortese negare la richiesta.

Si sporse in avanti sul tavolo e baciò la testa del dildo.

"Ora apri le tue labbra" disse Samantha. "Portalo dentro."

Rachel si sentì in imbarazzo, ma lo fece comunque.

Ha permesso al giocattolo del sesso di entrare nella sua bocca.

Samantha iniziò a spingere e tirare il dildo nella bocca di Rachel per simulare il sesso orale.

"Tutto qui?" Disse Samantha, osservando attentamente. "Succhialo. Tutto così. Immagina che sia Roger."

Sentendo quelle parole, fu acceso un fuoco in Rachel.

Ha succhiato più forte, più veloce e più difficile.

Ha davvero iniziato a fare sesso orale con dildo.

Prima che Rachel potesse continuare, Samantha si tolse il dildo dalla bocca e Rachel si appoggiò allo schienale.

"Non male" disse Samantha. "Ma le tue abilità nel pompino potrebbero migliorare un po '. Ci lavoreremo più tardi. Penso che Roger sarà molto felice per quando tornerai a casa."

"Lo spero," arrossì Rachel.

Samantha sorrise.

"Abbiamo una lunga giornata di allenamento davanti a noi. Finiamo la colazione e approfittiamo del nostro tempo."

Mangiarono di nuovo la colazione.

Rachel abbassò lo sguardo sul suo cibo, ma stava ancora pensando alle ultime parole di Samantha.

Formazione? Cosa diavolo voleva dire con quello?

CAPITOLO 8

La camera da letto di Samantha consisteva in una grande e spaziosa area.

Ed era semplice ma elegante.

L'arredamento sembrava rustico e costoso.

Il balcone era aperto e aveva una vista perfetta sull'oceano.

"Suo marito mi ha detto le tue dimensioni e misure", ha detto Samantha. "Quindi sono andato avanti e ti ho comprato un nuovo guardaroba."

C'era una valigia nel mezzo della stanza.

Samantha l'ha aperto per rivelare un'ampia varietà di abiti, molto rivelatori e un'ampia varietà di biancheria intima.

Rachel era sbalordita.

"È tutto per me?"

"Tutto in quella valigia fa per te. Ti ho anche comprato un nuovo kit per il trucco."

"Cosa c'è che non va nel mio trucco?"

"Niente se sei un contabile", rispose Samantha. "Ma se vuoi dare a tuo marito un'erezione costante, dovrai lavorare un po 'più duramente."

"A Roger piace come piace a me."

"Sei una donna molto carina. Sono sicuro che Roger pensa che tu sia la donna più bella del mondo. Ma a volte gli uomini vogliono solo una puttana sporca in camera da letto. Questi sono i fatti."

Rachel fece una pausa.

"Non sono più esattamente una giovane donna."

"Non c'è assolutamente nulla di sbagliato nelle donne della tua età. Tutti amano le donne anziane. Adoro le donne anziane."

"Quindi, cosa stiamo facendo?"

"È bello essere una casalinga primitiva e corretta. Ma è anche bello essere una cagna sporca in camera da letto di tanto in tanto. Questo è ciò che ho intenzione di insegnarti."

Rachel fece un respiro profondo.

"Bene. Terrò aperta la mente a qualunque cosa tu abbia da dire."

"Bene. Adesso spogliati."

"Perdonami?"

"Spogliati. Togliti i vestiti. Tutto."

"Perché?"

«Je pensais que tu avais dit que tu gardais l'esprit ouvert» dit Samantha avec un sourcil levé. "Si vous voulez mon aide, écoutez ce que j'ai à dire."

Rachel savait déjà que se disputer avec Samantha n'était jamais une stratégie gagnante.

Elle prit une profonde inspiration pour reprendre courage et retira ses vêtements avec hésitation, pliant soigneusement chaque vêtement et le plaçant sur le lit voisin.

C'était un peu embarrassant pour Rachel de se déshabiller devant Samantha, car son corps était âgé et Samantha était très jeune et en forme.

Mais Rachel se dit que c'était comme se déshabiller devant le médecin.

Samantha avait probablement vu de nombreuses femmes nues de son âge.

Elle a tout vu.

Quand ce voyage sera terminé, je n'aurai plus jamais à la revoir.

Alors, qui se soucie si elle me voit nue?

Elle a enlevé tous ses vêtements et à la fin Rachel était complètement nue devant une femme beaucoup plus jeune et plus séduisante.

"Très féminine et belle," dit Samantha avec un petit indice en hochant la tête.

"Ça tu crois?"

"Comme je l'ai dit, j'adore les femmes plus âgées. Et j'aime les femmes au foyer. Je pense que vous êtes extrêmement attirante."

Rachel haussa les épaules.

"Et quelle est la prochaine étape?"

"Suivez-moi."

Samantha a conduit Rachel à la commode.

Rachel était assise devant le grand miroir et une table pleine de produits de beauté design.

Ils regardèrent tous les deux le reflet seins nus de Rachel dans le miroir.

Samantha a ensuite utilisé une serviette humide pour essuyer le maquillage de Rachel jusqu'à ce que son visage soit propre.

Les rides et les lignes d'âge sur le visage de Rachel étaient devenues plus apparentes.

«Tu as une telle beauté naturelle, Rachel. Tu es très jolie.

"Je vous remercie."

"Mais nous ne sommes pas intéressés par la beauté pour le moment", a déclaré Samantha. «Nous sommes intéressés par sexy. Es-tu prêt pour ça, Rachel?

"Credo di si."

"Iniziamo."

Samantha è andata direttamente al lavoro applicando cosmetici.

Ha applicato abilmente uno strato di fard, ombretto, mascara, eyeliner e una brillante tonalità di rossetto rosso.

Secondo per secondo, la casalinga pudica ha visto il suo aspetto trasformarsi.

Quando ebbe finito, Rachel riuscì a malapena a riconoscersi.

"Che ne dite di?" Chiese Samantha, orgogliosa del suo lavoro.

"Sembra ... sembra ... interessante ..."

Samantha diede una pacca sulla donna sulle spalle.

"Ti ci abituerai. Ricorda, questo è solo per te e Roger. Nessun altro."

"Capisco."

"Ora, ti vestiamo, va bene?"

Rachel si alzò e seguì Samantha nella grande stanza.

Samantha allungò una mano dentro la valigia e tirò fuori una sottile veste rossa.

"Prova questo", ha detto Samantha. "E guardati allo specchio."

Rachel guardò il suo riflesso nudo allo specchio mentre indossava la vestaglia.

Era scarno, magro e piccolo.

Soprattutto, era semi-trasparente.

Il colore dei suoi capezzoli e dei peli pubici era completamente visibile.

"È un po 'rivelatore, non credi?" Rachel ha espresso ciò che era ovvio.

"Questa è l'idea. Quando sei a casa, voglio che tu lo usi sempre per Roger. Sarà un matrimonio più felice."

"Vuoi che io sia praticamente nudo in ogni momento?"

"Pensaci, Roger litigherebbe con te mentre i tuoi capezzoli sono esposti?"

"Questo è certamente un modo divertente di guardare le cose", rispose Rachel con una risatina.

Samantha sorrise.

"Ho aiutato molte coppie nel corso degli anni. Fidati di me, so di cosa sto parlando."

Le due donne si sorrisero scherzosamente prima di provare altri abiti.

CAPITOLO 9

Più tardi quel giorno.

Rachel era in uno stato di profondo rilassamento.

Ero nella stanza della spa, da solo con una massaggiatrice addestrata.

La sua mente si allontanò mentre la sua schiena riceveva un massaggio esperto.

Era felicità.

"Sono contento che ti stia divertendo" disse Samantha, entrando nella spa.

"Questo è il paradiso."

"Un buon massaggio è sempre paradisiaco. Mi dispiace interrompere, ma ho appena parlato con mio padre al telefono. È successo qualcosa."

Rachel si sedette per ascoltare la notizia.

Ha mostrato il suo seno, ma non le importava.

"Va tutto bene?" lei chiese.

"Va tutto bene. Ma mio padre sta cenando in grande con alcuni dei suoi soci in affari, e vuole che mi unisca a lei. Vuole che sia aggiornato. Inoltre, sono un grande intrattenitore per gli ospiti."

"Dovrei andare?" Chiese Rachel, temendo segretamente il peggio.

"No, no. Ma non sono sicuro a che ora tornerò, quindi mettiti comodo a casa mia. Ho già incaricato il personale di prepararti una buona cena. Fai quello che vuoi in seguito. Ci sono libri, film, musica, qualunque cosa tu voglia. Il mio staff ti aiuterà con qualunque cosa tu abbia bisogno. "

"Grazie, sei molto gentile."

Samantha alzò un sopracciglio.

"Se sei dell'umore giusto per qualcosa di un po 'più provocatorio, prova la collezione di DVD nella mia stanza. Chissà, potresti vedere qualcosa che ti piace."

"Lo terrò a mente," rispose Rachel, incerta su come interpretare le insinuazioni.

"Divertiti. Proverò a tornare presto."

"Buona notte."

Samantha sorrise e se ne andò.

CAPITOLO 10

Quella stessa notte.

La lussuosa dimora sembrava un po 'noiosa senza il suo proprietario.

Dopo una cena anticipata, Rachel guardò il tramonto ed esplorò di nuovo la casa.

Diede un'occhiata a ciò che aveva per l'home theater e la collezione musicale, ma non gli interessava molto.

Ora stava guardando la televisione in salotto.

La notizia era l'unica cosa che lo interessava.

Si chiese come stesse Roger.

Si chiese se a Roger non sarebbe mancata.

Venne la noia.

Erano le undici di sera e Rachel decise di andare a letto.

Sulla strada per la sua stanza, passò davanti alla stanza di Samantha.

La porta era spalancata.

L'offerta di guardare i suoi DVD privati era ancora nella mente di Rachel.

Perchè no?

Mi ha invitato a venire nella sua stanza a guardare.

Rachel entrò nella camera da letto principale e andò alla grande televisione.

I DVD non erano difficili da trovare.

C'erano più di 200 DVD, ha stimato.

Tutti i DVD erano fatti in casa.

Ogni DVD aveva un nome scritto sopra, insieme a una data.

Rachel accese la televisione e il lettore DVD.

Ha selezionato un DVD casuale intitolato: Joseph 03-07-2018

Il DVD iniziò e Rachel si sedette sul letto.

Fu sorpresa da ciò che vide.

Sullo schermo apparve un uomo nudo.

Era di mezza età e in forma normale.

Aveva il volto di un uomo d'affari di successo.

Il suo pene era piccolo e flaccido.

Sembrava timido.

Stavo guardando direttamente la telecamera.

Era in piedi in una stanza degli ospiti.

L'uomo ha dichiarato il suo nome, l'età e che la sua occupazione lavorativa era uno sviluppatore immobiliare.

La scena sembrava molto strana e rese Rachel estremamente a disagio.

Non riusciva a capire perché Samantha avrebbe avuto un DVD del genere.

Rachel si alzò e stava per spegnere il DVD quando improvvisamente sentì la voce di Samantha provenire dalla televisione.

Stava cominciando a dare ordini all'uomo nudo.

Rachel si sedette di nuovo per continuare a guardare.

L'uomo nudo sullo schermo si accarezzò.

Il suo pene piccolo divenne un po 'più grande e più rigido.

L'uomo si inginocchiò quando la voce di Samantha gli ordinò di farlo.

Samantha apparve sullo schermo e Rachel quasi ansimò.

Samantha è apparsa nel video indossando un corsetto di cuoio stretto, mostrando le sue braccia e gambe.

C'era un lungo dildo stretto tra le gambe di Samantha che doveva essere lungo almeno sei pollici.

Samantha era in piedi di fronte all'uomo in ginocchio, e l'uomo iniziò a succhiarsi il pene dalla cintura con entusiasmo.

Rachel non poté fare altro che sembrare quasi scioccata.

Ero completamente incredulo che Samantha facesse una cosa del genere con un uomo.

Il suo istinto gli disse di spegnere il DVD, ma non ci riuscì.

Lo schermo era diventato ipnotico.

Nel video, Samantha ha ordinato all'uomo di alzarsi e appoggiarsi al letto.

Lo ha fatto con entusiasmo.

Samantha ha quindi applicato una grande quantità di lubrificante sul sex toy e si è posizionata dietro l'uomo.

Rachel ansimò mentre guardava Samantha penetrare nell'uomo.

Era tutto ciò che Rachel poteva sopportare.

Si alzò e spense il DVD.

Quando ha rimesso il DVD al suo posto nella collezione, ha visto un altro video etichettato come Anna 23-23-2019.

È stato registrato solo pochi mesi fa e la protagonista deve essere stata una donna.

Rachel era curiosa, inserì il video e si sedette sul letto.

Il video mostrava una donna matura e nuda.

La donna aveva circa cinquant'anni.

Ovviamente una casalinga.

Anche il video è stato girato nella stessa stanza, ma questa volta Samantha teneva la macchina fotografica e parlava con la casalinga.

Samantha ordinò alla donna di inginocchiarsi e strisciare sulla figa di Samantha.

La donna ha sapientemente fatto sesso orale sulla figa rasata di Samantha.

Rachel fu sopraffatta dalla lussuria che provò mentre guardava il video di sesso privato a casa di Samantha.

Si chinò e si toccò mentre guardava.

Ha iniziato a giocare con la sua figa.

Il lesbismo e la sottomissione non sono mai state le sue fantasie, ma c'era qualcosa di affascinante nei video di casa di Samantha.

Rachel ha continuato a strofinarsi la figa fino alla fine del video.

Quindi ha riprodotto un altro video, questa volta in coppia.

Il tempo è volato via e Rachel aveva già visto qualche altro video.

Ha sborrato potentemente guardando il porno fatto in casa.

Era passato molto tempo da quando aveva provato un orgasmo così bello.

Chiuse gli occhi per riposare per un po '.

***

Rachel si svegliò e sentì un dito strofinarsi la pelle.

I suoi occhi si spalancarono.

Era ancora notte.

Alzò gli occhi e vide Samantha in piedi su di lei con un sorriso sul viso.

"Vedo che ti è piaciuta la mia collezione" sorrise Samantha.

Rachel si coprì rapidamente la figa.

"Oh Dio. Mi dispiace così tanto. Devo essermi addormentato."

"Non c'è nulla di cui pentirsi. Hai trovato qualcosa che ti piace. Ora siamo pronti per il prossimo passo."

Entrambe le donne si guardarono negli occhi.

Ci fu un breve momento di silenzio tra di loro.

E c'era anche una discreta comprensione che le cose sarebbero diventate molto più interessanti.

TERZA PARTE:
La schiavitù è il nostro piacere

CAPITOLO 11

Le petit déjeuner était presque inconfortable le lendemain matin pour Rachel.

C'était la première fois de sa vie qu'elle était surprise en train de se masturber.

Il avait un sentiment de honte et d'inconfort.

"Vous devez avoir beaucoup de questions", a déclaré Samantha.

"Quelque chose."

"Ne soyez pas timide. Écoutons-nous."

"Que faisais-tu exactement dans ces vidéos?" A demandé Rachel.

"Différentes personnes ont des fétiches différents. C'est un fait de la sexualité humaine. Je fournis simplement un service pour ces fétiches."

"Es-tu une sorte de dominatrice, ou comment s'appelle-t-elle aujourd'hui?"

Samantha sourit.

"Quand je veux l'être. Ou si quelqu'un a besoin de mon aide."

«Appelez-vous cette aide? Demanda Rachel en haussant les sourcils.

«Bien sûr que oui. As-tu vu combien ces gens ont couru?

Rachel se sentit soudain timide.

"Étiez-vous ... euh ..."

"Vas-y. Demande juste. Je ne vais pas mordre."

Rachel prit une profonde inspiration.

«Aviez-vous l'intention de faire une de ces choses à moi ou à Roger? C'était le plan depuis le début? Est-ce que Roger veut être sodomisé en laisse? Veut-il me voir faire une fellation à une femme?

"Ce sont les grandes questions, n'est-ce pas?"

"Vas-tu me donner une réponse?"

Samantha fit une pause dramatique pendant un long moment alors qu'elle buvait le jus fraîchement pressé.

"La réponse est la suivante," répondit Samantha. "Votre mari n'a aucune idée de ce qu'il veut. Il sait qu'il veut une meilleure vie sexuelle. Il sait qu'il ne veut pas coucher avec une femme sans émotion chaque semaine."

«Roger m'a traité de femme sans émotion? Rachel a demandé avec des sentiments blessés.

"Pas avec ces mots. Mais la façon dont il a décrit sa vie sexuelle, tu pourrais aussi bien être sans émotion.".

"Quindi cosa pensi che Roger voglia? Per me essere sottomesso come le donne nei tuoi video?"

"Forse. Ecco a cosa serviva questo viaggio. Sfortunatamente si è impegnato e non posso aiutarlo. Ma per fortuna sei qui."

"Ma stai scherzando?"

"No. Non lo è. Posso dire che non lo è. Ma è vicino a farlo. Il sesso che fornisci è inappropriato per un uomo come lui."

"Che devo fare?" Chiese Rachel.

"Fai come ti dico. Vestiti come ti ho ordinato. Succhia il suo cazzo come ti ho insegnato. In effetti, mi aspetto che gli fai un pompino ogni mattina prima del lavoro, e di nuovo quando torna a casa. Nessuna scusa. non per ".

Rachel annuì.

"Posso farlo."

"Ma c'è ancora molto da imparare. Il sesso orale non risolve tutto, che ci crediate o no."

"E che cos'è?"

Samantha gli lanciò uno sguardo furbo.

"Dovremo scoprirlo dopo colazione."

CAPITOLO 12

C'era una notevole tensione nell'ambiente quando Rachel seguì Samantha in una stanza privata nella villa.

La stanza aveva pareti lisce e mobili semplici.

C'era un lettino alto solo due piedi.

Il letto era semplicemente coperto, senza coperte o cuscini, solo un lenzuolo.

"Non perdiamo tempo" disse Samantha. "Tuo marito vuole una moglie sottomessa. In fondo, penso che desideri ardentemente una figura sessuale dominante."

"Non sono assolutamente d'accordo," disse fermamente Rachel.

"Oh?"

"Non credo che Roger mi ami in quel modo. E certamente ho i miei limiti. Ho sempre sentito che una relazione corretta si basa sull'uguaglianza."

"Anche durante il sesso?"

"Sì."

Samantha si leccò le labbra.

"Hai molto da imparare oggi."

"Terrò una mente aperta su ciò che suggerisci."

Samantha annuì.

"Ti ho portato qui per un motivo specifico. Questa è una stanza per principianti. Non sei ancora pronto per la stanza del bondage."

"Sembra intimidatorio."

"Intimidando in modo positivo. Ma per ora, ci accontenteremo di questa stanza perché è facile ripulire dopo un disastro."

"Cosa dovrebbe significare?" Chiese Rachel.

"Significa che ti farò venire. Nel modo giusto. Ti mostrerò come si sente un vero orgasmo."

"Samantha, apprezzo tutto quello che stai facendo per me, ma davvero non credo sia necessario."

"Certo che lo so", rispose Samantha con fermezza. "Non puoi diventare un vero sottomesso se non ne hai sentito i piaceri. Inizieremo lentamente. Faciliterò un nuovo stile di vita per te."

Rachel fu colpita dalla parola stile di vita.

Le cose stavano per diventare più interessanti.

Ed ero curioso di sapere dove stavano andando le cose.

"Bene", rispose lei. "Non discuterò. Non mi lamenterò. Farò come chiedi."

"Voglio vederti dietro. Ti voglio nudo dalla vita in giù. Quindi sdraiati sul letto. Tenendo i piedi sul pavimento."

Rachel era preoccupata per la richiesta.

Ma lo fece comunque da quando aveva detto che l'avrebbe fatto senza discutere.

Si spogliò di tutto lasciando il sedere in aria e sistemò con cura i vestiti sul letto.

Ora era in piedi con il suo cespuglio moderatamente peloso esposto a Samantha.

Quindi si sdraiò sul lettino con i piedi ancora sul pavimento.

"Dovrai raderti più tardi," disse Samantha, guardando i suoi peli pubici.

"A mio marito piace."

Raditi oggi. Non preoccuparti, ricrescerà.

Rachel roteò gli occhi.

"Ovvio".

"Adesso allarga le gambe. Largo."

Rachel l'ha fatto.

Allargò le gambe e diede a Samantha una visione chiara della sua figa.

Si sentiva insicura nel mostrare la sua figa matura a una bellissima giovane donna, ma supponeva che ci fosse uno scopo dietro tutto.

"Felice adesso?"

"Bella fica", apprezzò Samantha. "È carino."

"Hai intenzione di stare lì e guardarlo?"

"Certo che no. Se non ti dispiace, legherò le gambe al letto prima di farti venire. Rilassati, ti prometto che ti piacerà."

Samantha allungò una mano sotto il letto per cercare qualcosa e tirò fuori una corda che legava le caviglie di Rachel a colonne opposte sul letto.

Tutto è stato fatto con precisione da esperto.

Samantha era chiaramente un esperto di corde e schiavitù.

Quando ebbe finito, le gambe di Rachel erano distese come un'aquila, legate e la sua figa era spalancata.

Un forte ronzio echeggiò nella stanza.

"Che diavolo è quello?" Chiese Rachel, guardando Samantha.

Samantha sollevò un grosso sex toy vibrante, che sembrava e suonava come uno strumento elettrico.

Il dispositivo aveva un piano vibrante progettato per stimolare il clitoride di una donna.

"Questo cambierà la tua vita in meglio. Adesso rilassati."

Rachel giaceva con gli occhi spalancati sul letto.

La cosa si stava avvicinando tra le sue gambe.

Samantha sembrava sul punto di eseguire una procedura medica con il forte dispositivo vibrante.

La parte superiore vibrante si avvicinò alla figa esposta.

Il potente vibratore toccò la punta del clitoride di Rachel.

"Aaahhhh !!!!" la casalinga matura urlò di dolore.

Samantha si staccò per un momento.

"Rilassati. Rilassati, tesoro. Rilassati mentre mi prendo cura di te."

La potente vibrazione è stata riportata al clitoride.

Rachel urlò di nuovo.

Avrebbe potuto chiedere a Samantha di fermarsi.

Avrebbe potuto sedersi e spingere Samantha.

Lei avrebbe potuto combattere.

Ma lei no.

Rachel si sdraiò semplicemente sul letto e assorbì l'intensa stimolazione.

Sebbene fosse doloroso, c'era anche un piccolo lampo di piacere.

Il piacere è cresciuto e cresciuto.

Rachel continuò con angoscia, ma cercò di rilassare il suo corpo.

Ha accettato la sensazione potente.

Le sue gambe stavano tirando e combattendo contro la corda, ma questo non aiutò.

Le sue gambe non potevano muoversi.

La sensazione nel suo corpo era in conflitto.

Voleva resistere, ma voleva anche permettere ai sentimenti di fluire.

Continuò a gemere e lanciarsi sul letto.

Samantha premette il palmo della mano sul corpo della casalinga.

Quindi spinse con forza il dispositivo vibrante contro il clitoride.

La stimolazione era irreale.

La casalinga matura urlava di agonia e piacere.

Le sue gambe combatterono contro la corda con tutte le sue forze.

È stata una battaglia persa.

Quando Samantha inserì due dita nella sua figa, entrando e uscendo, arrivò Rachel.

Stava correndo e correndo.

Schizzò e schizzò più dei suoi succhi.

È stato un orgasmo bagnato che ha creato un vero casino ovunque.

La schiena di Rachel si inarcò violentemente.

Le dita dei piedi si arricciarono.

Ha fatto facce strane pur essendo quasi irriconoscibile per un po'.

Quindi il suo corpo è andato completamente inerte.

Samantha spense il dispositivo e sorrise al suo lavoro.

Abbassò il dispositivo e slegò le caviglie della casalinga.

Si sedette sul letto e si strofinò i capelli con Rachel, notando quanto fosse bella.

"Non lottare per parlare ancora," disse Samantha, sfregandosi ancora i capelli. "Rilassati. Goditi la tua felicità. Sono sicuro che il tuo clitoride deve far male in questo momento."

Rachel annuì.

"Sì."

"Riposa. Lascia che il tuo clitoride si riprenda. Continueremo ad allenarci più tardi oggi."

Samantha si chinò a baciare Rachel sulla fronte, poi sulla guancia, poi sulle labbra.

CAPITOLO 13

Il tempo è passato senza fretta.

Pranzarono insieme e parlarono di cose normali.

Tra loro è cresciuta un'amicizia.

Il tema del sesso non era mai più tornato e il clitoride di Rachel ebbe abbastanza tempo per guarire dall'assalto vibratorio.

Rachel fece un pisolino nel mezzo del pomeriggio e quando si svegliò, c'era un bellissimo vestito nero sul suo letto.

Sul letto c'erano anche un paio di scarpe col tacco alto.

Sulla parte superiore del vestito c'era una nota scritta a mano.

La nota diceva:

Fai una bella doccia lunga. Quindi applica il trucco come ti ho insegnato. E poi indossa il vestito e i tacchi senza nient'altro sotto.

Ci incontreremo al piano di sotto nella stanza degli schiavi alle sei del pomeriggio. La porta sarà aperta. "

La nota è stata firmata da Samantha.

Un formicolio crebbe tra le sue gambe.

Rachel si alzò dal letto e si fece la doccia.

Si asciugò e guardò il suo riflesso nudo allo specchio prima di truccarsi.

Ha applicato ogni prodotto cosmetico esattamente come le aveva insegnato Samantha.

Rachel mise il vestito davanti allo specchio della camera da letto.

L'abito era elegante e sexy.

Si meravigliò del suo riflesso.

Sembrava una donna molto diversa.

***

Scese di sotto alle sei esatte del pomeriggio, poi scese nel corridoio.

Era facile scoprire dov'era la stanza della schiavitù.

Era l'unica stanza nella casa in cui la porta era sempre chiusa.

Ora la porta era aperta e sembrava bussare.

La stanza della schiavitù sembrava noiosa rispetto al resto della casa.

Era una stanza di medie dimensioni senza nulla di valore.

C'erano alcuni tavoli e sedie.

C'erano altri oggetti dall'aspetto interessante, come una corda appesa al soffitto e dispositivi dall'aspetto strano che sembravano ruvidi.

Rachel entrò nella stanza e lasciò che i suoi occhi vagassero su di lei.

L'attesa è cresciuta.

"Era quello che ti aspettavi ?" La voce di Samantha disse da dietro.

Rachel si girò e vide Samantha vestita con un corsetto di pelle rossa e stivali neri.

Mostrò le braccia e le gambe tonica e i capelli raccolti.

Era vestita come una vera dominatrice.

Samantha quindi chiuse la porta.

"Speravo un po 'di più, a dire il vero", disse Rachel, nascondendo i suoi nervi.

"Molte persone si aspettano di più dalla mia stanza di schiavitù. Ma preferisco la semplicità. Mi piace avere quell'elemento sorpresa."

"Cosa intendi ?"

"Mi piace che la gente sottovaluti questa stanza" sorrise Samantha. "Inoltre, è irrilevante il tipo di giocattoli e dispositivi utilizzati. È la volontà di sottomettersi e il potere dominante sul sottomesso, che crea una buona relazione erotica BDSM. Non i giocattoli."

Le mani di Rachel indicarono la stanza.

Tuttavia, eccoci qui. "

"Non fraintendermi," disse Samantha, camminando verso la casalinga. "Adoro usare i giocattoli. E amo anche le corde. Migliorano il mio potere sui sottomessi in molti modi."

"Cosa mi farai?"

Gli occhi di Samantha guardarono su e giù la casalinga.

"Ho dimenticato di menzionare quanto sei bella in quel vestito. Ti sta perfetto, mostrando tutte le tue curve. E il tuo trucco, sono impressionato. Impara velocemente."

"Grazie. Sembri ... umm ... attraente in quel vestito."

"Cerco sempre di apparire al meglio."

"Allora, cosa hai intenzione di farmi?" Chiese di nuovo Rachel, quasi disperata di saperlo.

Samantha fece un passo avanti e avvicinò le labbra all'orecchio della casalinga.

"Ti legherò," disse piano Samantha. "Allora ti farò venire ancora e ancora. Apparterrai a tuo marito. Ma stasera, appartieni a me. La tua figa appartiene a me. E i tuoi orgasmi anche a me."

Gli occhi di Rachel si spalancarono.

"Oh. Io ... uh ..."

"Suppongo che Roger non ti abbia mai legato."

"Mai."

"Perfetto. Adoro essere il primo di qualcuno. Resta fermo."

Rachel rimase immobile, timidamente, nel suo vestito costoso, mentre guardava Samantha accendere un apparecchio sul muro.

La corda che pendeva dal soffitto scendeva dove era Rachel.

"Mi legherai a quello?" Chiese Rachel.

"C'è un problema?"

Rachel scosse nervosamente la testa.

"Non."

"Bene. Adesso dammi le tue bambole."

Samantha usò la corda morbida e legò abilmente i polsi di Rachel.

Il nodo era stretto.

Le mani di Rachel erano legate.

Non ha fatto resistenza.

Una volta che gli legò la corda, Samantha tornò al muro e girò il dispositivo nella direzione opposta.

Ciò fece alzare le mani di Rachel sopra la sua testa.

Niente di troppo doloroso, ma abbastanza per impedire a Rachel di muoversi.

"Confortevole?" Chiese Samantha con un mezzo sorriso.

Rachel quasi tremò mentre stava in piedi con le mani legate sopra la testa.

"Mi fanno male i polsi."

"Fa male perché stai combattendo. Rilassati. Concediti."

Samantha aprì un cassetto vicino e cercò all'interno.

Estrasse un coltello e si diresse lentamente verso Rachel con un sorriso malvagio, agitando l'oggetto affilato.

"Oh mio Dio!" Rachel ansimò spaventata, pensando che sarebbe accaduto qualcosa di orribile. "Per favore, no! Mio Dio! Mio Dio!"

"Non essere sciocco. Non ti farò del male. Beh, non nel modo cattivo."

Samantha portò il coltello in cima al vestito di Rachel.

Poi ha tagliato, dividendo il vestito a metà.

Samantha mise il coltello su un tavolo vicino, quindi aprì la parte superiore del vestito, esponendo i due seni rotondi di Rachel.

"Ora sembri una vera puttana" sorrise Samantha. "Trucco cornea, bei capelli, tacchi costosi e un vestito strappato che espone le tue vecchie tette cadenti. Tutti i segni di una puttana. Non sei d'accordo?"

Rachel annuì nervosamente.

"Sì."

"Seguo sempre la regola dei dieci centimetri. Dimmi, quanto è grande il pene di tuo marito?"

"Circa sei pollici," ammise Rachel.

"Roger ha dodici centimetri, quindi aggiungo altri dieci centimetri. Per un totale di ventidue centimetri."

Samantha aprì un altro cassetto per prendere un dildo da sei pollici.

Lei lo guardò, sbalordita dalle dimensioni.

Quindi si mise una cinghia attorno al cavallo e si legò al dildo da sei pollici.

"Me lo metti dentro?" Chiese Rachel nervosamente.

"Ho intenzione di rovinarti con quello," rispose Samantha, applicando lubrificazione all'oggetto sessuale. "Hai mai fatto sesso stando in piedi?"

"Non."

"Un'altra prima volta."

Samantha stava di fronte a Rachel.

Erano faccia a faccia, a pochi centimetri di distanza.

Samantha era al sicuro e calma.

Rachel era un disastro nervoso.

La tensione sessuale era densa nell'aria.

Samantha si sporse in avanti e diede a Rachel un grande bacio sulle labbra.

All'inizio è stato fluido.

Quindi più appassionato.

Poi è diventato più ruvido.

Samantha si morse delicatamente il labbro inferiore di Rachel.

Poi hanno continuato a baciarsi con le loro lingue.

Mentre si baciarono, Samantha abbassò le mani e sollevò il vestito di Rachel.

Quindi guidò la punta del suo rubinetto da cintura verso le labbra di Rachel.

Rachel allargò le gambe in piedi.

Il dildo indicò la sua figa.

"Ora ti penetrerò," sussurrò Samantha nell'orecchio di Rachel.

"Sii gentile."

"No", sussurrò Samantha.

Mentre le due donne rimasero intrecciate, Samantha diede una forte spinta ed entrò nella figa di Rachel, provocando un sussulto udibile.

Samantha diede un'altra spinta ed entrò di più.

L'oggetto sessuale si stava approfondendo.

Ad un certo punto, l'oggetto sessuale di ventidue centimetri era completamente sepolto all'interno della figa.

Rachel gemeva e le sue gambe si agitavano.

Samantha ha mostrato la sua forza fisica afferrando saldamente le due cosce di Rachel a mezz'aria.

Rachel era completamente sollevata da terra, con le mani che pendevano dalla corda sul soffitto.

I suoi piedi e talloni si agitarono selvaggiamente con Samantha che le teneva le gambe.

"Non combattere," disse Samantha, sollevando la casalinga in aria. "Più combatti, più ti farà male. Arrenditi a me."

Samantha si appoggiò allo schienale e diede un'altra spinta, spingendo il dildo più a fondo nella sua fica.

Le mani di Samantha mantennero un fermo fermo sulle gambe di Rachel.

Rachel rimase a mezz'aria mentre la dominatrice la penetrava.

Erano fottuti.

Si guardarono negli occhi.

Rachel piangeva e gemeva.

Ma non ha mai detto a Samantha di smettere.

Non osava, ma non voleva neanche.

Faceva parte dell'allenamento e cominciò a sentirsi piacevole mentre il suo corpo si adattava alle dimensioni.

I suoi capelli erano arruffati, così come i suoi piedi.

Gli piaceva essere scopato da Samantha.

Il suo corpo era in fiamme.

I polsi di Rachel fanno male.

La pelle intorno ai suoi polsi stava diventando di un rosso intenso mentre il suo corpo pendeva a mezz'aria.

Ma il dolore ai polsi non era niente in confronto alla sensazione che provava la sua figa.

Il grande sex toy stimolava i nervi all'interno della sua figa che non sapeva mai esistere.

Le spinte continuarono.

Lei urlò e urlò.

Lei pianse e pianse.

Lei gemette e gemette.

"Vieni per me", disse Samantha, guardando la casalinga con piacere. "Vieni per me, vecchia puttana sporca."

Rachel si spinse sui fianchi.

"Non sono vecchio!"

Un orgasmo attraversò il suo corpo.

Rachel urlò in cima ai suoi polmoni.

La sua schiena si inarcò violentemente.

Lanciò le scarpe col tacco alto attraverso la stanza.

I liquidi della piccola figa di Rachel schizzarono ovunque, lasciando un lavoro serio per la donna delle pulizie.

Quando l'orgasmo si placò, gli occhi di Rachel tornarono indietro e il suo corpo si rilassò.

Samantha lasciò il suo abbraccio e Rachel restò appesa quasi svenuta alla corda attorno ai suoi polsi.

Samantha abbassò la corda e il corpo semi-cosciente di Rachel giaceva a terra in una pozza di succhi caldi.

Quando Rachel riuscì ad aprire gli occhi, vide Samantha togliersi il corsetto, completamente nuda.

Rachel non poté fare a meno di invidiare il perfetto corpo nudo di Samantha.

Samantha si sedette sul pavimento e giocò con i capelli di Rachel.

"Roger è fortunato ad avere una puttana orgasmica come te," sorrise Samantha completamente nuda.

"Non sono mai venuto così prima. Mai."

"Sono contento di averti potuto servire per questo. Ma ricorda, io sono la dominatrice, tu sei la sottomessa. Questo è per mio piacere, non tuo. E finora non sono ancora arrivato."

Rachel alzò un sopracciglio.

"Cos'hai in mente?"

"Hai mai mangiato una figa?"

"Non."

"Che vergine sei in tutto. Strisciante verso di me. Metti la tua faccia tra le mie gambe."

Rachel fece quello che le era stato detto di fare.

Strisciò finché il suo viso non fu a pochi centimetri dalla sua figa.

"Baciami le labbra", ordinò Samantha, riferendosi alla sua stessa vagina. "Adoro il fatto che mi baciano."

Rachel obbedì, baciando lo strato esterno della figa rasata di Samantha.

"Leccalo come un ghiacciolo. Quindi tieni la lingua dentro come se non avessi mangiato da giorni."

Rachel seguì gli ordini, leccandosi la figa e testando i liquidi esterni.

La sua lingua sentiva ogni punto sulle sue labbra.

Poi ha bloccato la lingua dentro, leccando e succhiando.

Era la prima volta che mangiava una figa e si rendeva conto che aveva un buon sapore.

"Va bene," gemette Samantha. "Continua così. Continua a leccare come un buon gattino."

La casalinga, una volta pudica, primitiva e adatta, era rapidamente diventata un esperto mangiatore di vagina.

Ha leccato e succhiato con entusiasmo.

La sua lingua accarezzò su e giù.

Pochi istanti dopo arrivò Samantha e lanciò un grido acuto.

Le sue gambe tremarono, poi si rilassò.

Gli occhi di Samantha si illuminarono.

"OMG. Chi sapeva che potresti farlo in modo così naturale?"

Rachel sorrise e appoggiò la testa sulla coscia di Samantha.

"Sai bene".

"Quindi pensi?" Samantha chiese retoricamente.

Rachel baciò la coscia della dominatrice.

"Sì."

Le due donne hanno continuato il loro momento di reciproco conforto.

Rachel chiuse gli occhi e appoggiò la testa sulla coscia della dominatrice.

Samantha guardò la bella casalinga e si accarezzò i capelli.

CAPITOLO 14

Giorni dopo.

Dopo aver raccolto i suoi bagagli, Rachel spinse un carrello con dentro due valigie: una con i suoi vestiti normali e l'altra quella che Samantha le aveva regalato.

Vide suo marito aspettare fuori.

Furono restituiti grandi sorrisi.

Roger era felice di vedere sua moglie così ben abbronzata e rilassata.

Corse da Rachel.

Lei fermò il carrello e gli diede un grande abbraccio soffocante.

È stato un momento speciale.

Voleva quel giorno essere un nuovo inizio per il suo matrimonio.

"Mi sei mancato così tanto" disse Roger.

Rachel avvicinò le labbra all'orecchio e gli sussurrò: "Mi porterai a casa e mi legherai al letto nella stanza. Poi mi metterai il cazzo in gola. E poi mi fotterai. Capito?"

Fece un passo indietro per dare una buona occhiata a sua moglie, stupita dal suo linguaggio sporco.

C'era uno scintillio speciale negli occhi di Rachel.

Una fame

Lussuria.

Roger si rese conto che sua moglie era una donna diversa.

Roger annuì, accettando l'invito.

Rachel sorrise e lo baciò.

FINE

SCRITTRICE SOTTOMESSA

PRIMEIRA PARTE
LA REAZIONE

CAPITOLO I

La più grande paura di Samantha era che qualcuno la riconoscesse in queste foto.

Ma quel problema è stato risolto usando una maschera sottile.

La maschera era piccola e copriva solo gli occhi e il naso, il che era abbastanza buono da mantenere il suo anonimato.

Ha fatto diverse pose per il fotografo.

È stata una sessione di riprese elegante con un tono sottomesso.

Diverse corde legarono leggermente il suo corpicino sottile, coperto da un sottile abito nero.

Anche i suoi polsi erano legati insieme e ora le foto venivano scattate mentre giaceva a terra.

È stata una sessione artistica di un semi-famoso fotografo locale, che ha venduto i ritratti in diverse gallerie d'arte.

"Così bello", ha detto il fotografo, allontanandosi. "Voltati. Sul tuo stomaco. Bene. Voltati."

È stato il più divertente che Samantha abbia fatto da molto tempo.

Si voltò come un cucciolo di schiavitù.

Quindi tornò indietro.

C'era un lieve sorriso sul suo viso, vivendo la sua fantasia.

Il fotografo notò il sorriso di Samantha, e lui ricambiò il sorriso, scattando altre foto.

"Penso che abbiamo finito per oggi", ha detto, abbassando la fotocamera. "Sei stato eccellente."

Si alzò e camminò verso di lui con i polsi legati rivolti in avanti.

"Stavo solo facendo quello che mi hai detto" sorrise.

Il fotografo si slegò i polsi, liberandola finalmente da tutte le corde della schiavitù.

C'erano piccoli segni rossi sui suoi polsi.

"Mi dispiace per quello. Forse li ho messi un po 'troppo stretti."

Lei scosse la testa e si tolse la maschera.

"Non preoccuparti. Penso che stavo tirando troppo forte. E i segni svaniranno presto."

"Ragazza tosta."

"Parlando di essere duro, c'è qualche possibilità di lavoro extra?"

"Dipende", rispose il fotografo. "Tra poche settimane c'è una prossima mostra d'arte. Se i tuoi ritratti vendono, mi piacerebbe assumerti per ulteriori foto."

Lei sorrise.

"Non vedo l'ora".

CAPITOLO II

Dopo essersi vestita, Samantha andò direttamente in camera sua.

C'era ancora molto lavoro da svolgere a scuola.

La classe più impegnativa del semestre è stata il suo corso di scrittura creativa, incentrato sulla creazione di storie complete.

Quella era la classe su cui voleva lavorare di più perché gli dava uno sfogo per scrivere.

Adorava scrivere.

E un giorno voleva diventare una scrittrice.

Ancora più importante, gli ha dato una piattaforma per iniziare a scrivere il suo primo romanzo sotto la guida di un insegnante di spicco.

Era un insegnante che aveva profondamente ammirato molto prima di frequentare la sua classe.

Era un insegnante che aveva scritto diversi libri che Samantha aveva amato leggendoli mentre cresceva.

Quei vecchi libri hanno influenzato lo stile di scrittura di Samantha, ed era entusiasta dell'opportunità che lui le insegnasse.

Ha finito di scrivere uno schizzo di una pagina della sua prossima storia mentre era seduto sul suo letto.

Aveva bisogno di inviarlo al professore prima del suo prossimo incontro.

Dopo aver passato ore a scrivere e pensare, lo stato di trance di Samantha si spezzò quando bussarono al muro.

Era la sua bellissima compagna di stanza e la migliore amica fin dalle superiori, vestita solo con un asciugamano e con i capelli appena asciugati dopo la doccia.

"Stai ancora scrivendo le tue cose?" Chiese Vicky.

"Oh certo, ci sono ancora."

"Allora, come sono andate le tue foto oggi?"

Samantha alzò i pollici.

"Abbastanza bene."

"Mi piacerebbe vedere il nuovo libro."

"Aspetta, fammi controllare se me li hai già inviati."

Samantha ha rapidamente aperto il suo account Gmail e ha visto alcune nuove e-mail.

C'era un'e-mail dal fotografo che ha aperto e scaricato il file in esso contenuto.

C'erano trentotto immagini in totale.

"Lo sono già, te li invierò immediatamente", disse Samantha. "E fammi sapere cosa ne pensi. Personalmente, penso che sia una cosa molto buona. Mi piace di più di quello che ho fatto l'ultima volta."

Ovviamente, Samantha ha molto apprezzato l'opinione di Vicky sulla questione, perché la sua amica aveva fatto molto lavoro di modellazione da sola, e stava anche pianificando di lavorare nell'industria della moda un giorno come designer.

Vicky lasciò cadere l'asciugamano ed era nudo.

"Le darò un'occhiata più tardi. Hai già fatto la doccia? Quella festa è tra un'ora."

"Oh merda."

Vicky si mise un reggiseno.

"È uno di quei giorni, eh?"

Accidenti, aspetta.

Samantha aprì rapidamente la sua e-mail e scrisse un messaggio all'insegnante.

Ha allegato il documento di Word e poi lo ha inviato.

Quindi Samantha aprì un'altra e-mail e scrisse a Vicky un breve messaggio.

Ha allegato il file con le trentotto foto sottomesse degli schiavi e ha inviato l'e-mail.

Quindi Samantha chiuse il suo laptop e saltò giù dal letto.

Passò accanto al suo compagno di stanza mezzo nudo ed entrò nel piccolo bagno, che era ancora un po 'umido poiché Vicky l'aveva appena usato.

Si spogliò, quindi entrò nel box doccia aprendo il rubinetto per far cadere una cascata di acqua calda.

Mentre insapona e lava i capelli, Samantha ha pensato al suo prossimo progetto di scrittura e all'incontro con l'insegnante.

Pensò a come le avrebbe spiegato il suo lavoro.

Come lo avrebbe presentato.

Come si sarebbe espresso.

I punti principali che voleva comunicare in modo che l'insegnante comprendesse i suoi pensieri e, si spera, gli fornisse l'approvazione e la comprensione di cui aveva così tanto bisogno.

Pensava anche a cose banali, come cosa indossare.

Voleva apparire elegante, ma audace, senza nemmeno inviare segnali sbagliati.

Voleva apparire intelligente senza essere troppo tesa.

Inoltre, non voleva sembrare troppo semplice o facile, altrimenti avrebbe perso il rispetto dell'insegnante.

Doveva avere un bell'aspetto.

Forse avrebbe chiesto a Vicky la sua opinione in seguito anche su quella questione.

Samantha chiuse l'acqua, si asciugò i capelli e tornò nella camera da letto, dove Vicky era già vestita, e stava usando il suo laptop.

"Cosa ne pensi delle foto?" Chiese Samantha, guardando nel suo armadio.

"Intendi la tua scrittura?"

"No, alle mie foto, ovviamente."

"Bene, mi hai inviato per sbaglio la tua lettera", riferì Vicky. "Sembra piuttosto buono. Non sono un lettore molto, ma comprerei questo libro se lo scrivessi."

Samantha si bloccò.

I suoi occhi si spalancarono e il suo stomaco affondò.

Si precipitò sul suo laptop e controllò il suo account Gmail.

Controllò le e-mail inviate per vedere il messaggio che aveva inviato all'insegnante.

Quindi guardò l'allegato.

"Oh Dio".

Si coprì la bocca con la mano quando si rese conto che aveva accidentalmente inviato al professore le trentotto foto di schiavitù.

"La mia ... vita ... è ... rovinata", gemette Samantha, crollando sul suo letto, volendo piangere nel processo.

"Merda, hai appena inviato quelle foto al tuo insegnante?" Vicky rise in modo divertente.

Samantha seppellì la faccia nel cuscino.

"Non voglio parlare di questo."

"Guarda il lato positivo. Se è un ragazzo normale, probabilmente ti darà una A per la classe. Il rovescio della medaglia è che probabilmente dovrai succhiare il suo cazzo. A meno che non sia sexy, allora vorrai. Sai, tutto quello tema insegnante / studente ".

"Lo incontrerò domani. Dio, spero che non mi faccia causa per aver cercato di fare sesso o qualcosa del genere. Potrebbe essere espulso da scuola."

"Esiste una regola contro l'invio di foto di presentazione all'insegnante?" Chiese Vicky.

"Non lo so."

"Beh, hai fatto una doccia super veloce. Forse non l'hai ancora visto. Perché non lo chiami e gli dici di evitare di vedere la tua email?

Samantha si raddrizzò a sedere, con le lacrime agli occhi.

"Sei un genio."

Ha cercato nel programma del corso il numero di cellulare dell'insegnante, ma non era lì, a differenza di altri insegnanti.

L'unica linea d'azione sarebbe pregare di non averlo ancora visto.

Ha inviato un altro messaggio di avvertimento in anticipo.

Ha inviato un'e-mail con il titolo: PER FAVORE NON APRIRE L'ALTRA E-MAIL

"Professore,

Sono Samantha. Domani mattina abbiamo un appuntamento. Gli ho inviato un'altra email qualche istante fa. Spero sinceramente di non averlo aperto. Altrimenti, per favore no. Se è così, mi dispiace così tanto. È stato un incidente.

Qui ti mando i miei scritti.

Spero che questo errore non metta a repentaglio la nostra relazione accademica. Ho ancora intenzione di vederti domani per discutere del progetto di scrittura.

Con i migliori auguri,

Samantha ".

Quindi ha allegato il file con la scritta, verificando che stavolta stesse andando bene.

Una volta che il messaggio fu inviato, Samantha ricadde sul letto.

Si rese conto che il suo asciugamano era stato aperto e il seno sinistro era parzialmente esposto, ma non le importava.

Aveva ancora una festa dove andare.

Ma non avevo idea di potermi divertire di nuovo.

CAPITOLO III

Poco prima dell'incontro mattutino, Samantha decise di togliere alcuni vestiti dal suo armadio.

Pantaloni cachi, una camicia bianca abbottonata e un gilet scuro.

Informale, ma di classe.

Aveva i capelli raccolti in una coda di cavallo e indossava un trucco minimale.

L'ultima cosa che voleva fare era emettere vibrazioni erotiche, soprattutto dopo quell'orrendo errore di posta elettronica, a cui neanche l'insegnante si è preoccupato di rispondere.

Andò nel suo ufficio nell'edificio delle discipline umanistiche.

Quando arrivò, vide, attraverso la porta a vetri, l'insegnante seduto dietro la sua scrivania usando il computer.

Samantha era leggermente infastidita dal fatto che l'insegnante fosse sul suo computer e che non si fosse mai preoccupata di inviargli un'email di risposta.

Vabbè, pensò, ciò gli avrebbe risparmiato un po 'di disagio.

Bussò alla porta per attirare la sua attenzione.

"Giusto in tempo" disse il professore. "Chiudi la porta e siediti."

L'insegnante era molto più grande di lei.

Forse aveva quarantacinque o cinquant'anni, il doppio della sua età.

Era piuttosto bello, con un comportamento severo e forte.

C'era un'aria di saggezza in lui, che chiariva che era una persona molto intelligente.

Chiuse la porta e si sedette sulla sedia di fronte alla cattedra.

Rimase seduto in posizione perfetta, mentre l'oggetto dell'e-mail indugiò ancora nella sua mente.

Si chiese se si sarebbe avvicinato o meno.

Fino ad ora, quello non sembrava essere il caso.

Invece, l'insegnante ha messo un pezzo di carta sulla scrivania.

Era una copia stampata dei compiti di Samantha, con appunti scritti a mano ovunque.

"Vengo dalla vecchia scuola", ha detto. "Preferisco scrivere su carta e commentare con una penna. Cominciamo adesso?"

Lei annuì.

"Ovviamente."

"Arriverò all'argomento in questione, mi piacciono le tue idee. La storia di una giovane donna che ha trovato la sua strada nella vita è molto ricorrente, ma questa è una nuova svolta. Se ricordo bene, il primo giorno del corso, hai detto che volevi diventare un romanziere, vero? "

Lei annuì.

"Così è."

"E hai detto che volevi rendere questo il tuo primo romanzo che speri di pubblicare un giorno, è corretto?"

"È assolutamente corretto. E non te l'ho detto, ma in realtà sono un grande fan dei tuoi libri. Mi stanno ispirando. E apprezzo molto i tuoi commenti."

"Apprezzo le parole gentili", disse in tono calmo. "Sono qui per te e per tutti gli altri miei studenti. Ecco perché sono diventato un insegnante, per trasmettere le mie conoscenze, qualunque cosa io abbia, per aiutare la prossima generazione di scrittori."

Samantha lo guardò con un misto di preoccupazione e angoscia, come se fosse profondamente umiliata semplicemente seduta lì.

"Qualcosa è sbagliato?" chiese l'insegnante.

Ha raccolto il suo coraggio.

"Hai controllato l'e-mail ieri sera?"

"Ovviamente l'ho fatto. Stiamo discutendo del tuo incarico di scrittura, giusto?"

Si sentiva un'idiota.

"Non quella e-mail. Mi riferivo all'altra, sai, l'e-mail inviata per caso. C'era un allegato. L'hai scaricato?"

"Il mio compito è guardare cosa mi mandano gli studenti. Quindi sì, quando ho visto l'allegato, l'ho aperto."

"Hai visto le mie foto?" Samantha chiese retoricamente.

"La tua intestazione e-mail era che erano i tuoi compiti. Non sono un lettore di mente, Samantha. Sì, ho visto le tue foto. Ma non essere imbarazzato."

Emise un breve sospiro di sollievo.

"Quindi non sei deluso da me?"

"Perché dovrei essere?"

"Perché il suo studente, che va in una prestigiosa università, poserà per foto del genere."

"Non giudico le persone per aver esplorato altri percorsi", ha risposto. "Ecco di cosa parla la vita, no? Scoprire cosa ti piace, cosa non ti piace e poi prendere decisioni."

"Grazie."

"Perché?"

"Grazie per non essere un coglione", ha detto. "Scusa la mia lingua, ma sono sicuro che altri professori di questa università mi avrebbero espulso. O quello, o avrebbero richiesto il sesso orale o qualcosa del genere."

"In realtà, stavo per richiedere i tuoi servizi."

Lei era sorpresa.

"Veramente?"

"Sto solo scherzando. Probabilmente hai ragione. Altri insegnanti avrebbero potuto interpretare quell'e-mail come una richiesta sessuale. Ma non sono come gli altri insegnanti. Capisco che le persone commettono errori con le e-mail."

"E le foto stesse?" lei chiese. "Lo consideri un errore da parte mia?"

"Fai?"

Samantha si alzò a sedere dritta e ribelle.

"No, non lo so. Sono orgoglioso delle foto che mi hanno fatto. Penso che siano belle e artistiche."

"Se è quello che pensi, chi sono io per giudicarlo?"

"Sono contento che l'abbiamo risolto", rispose sollevata.

"Perché non lo incorpori nel tuo romanzo? Hai accennato ai temi della sessualità per la storia che intendi scrivere, quindi perché non incorporarne un po '? Non devi andare nei dettagli, ma parlare della tua esplorazione."

"Onestamente non so se posso farcela."

"Hai esperienza con lo stile di vita di quelle foto?" Chiese.

Lei scosse la testa.

"Non proprio ".

"Perché no, se posso chiedere?"

Samantha ci pensò un momento.

"Non ho mai trovato qualcuno di cui mi possa fidare per farlo. Voglio dire, fare sesso è una cosa, ma la presentazione è qualcos'altro. Sento che è molto più intimo e dovrebbe essere condiviso solo con la persona giusta."

"Ecco perché mi piaci. Sei intelligente, talentuoso e forte. Ci sono molti idioti là fuori. Ma una vera relazione Maestro-sottomessa si basa sulla fiducia e sull'affetto. Il Maestro deve rispettare il sottomesso. Ci deve essere fiducia. sottomesso può essere completamente libero di lasciarsi andare ".

Un sorriso apparve sul suo viso.

"Come fai a sapere tutto questo?"

"Normalmente non ne parlo, ma sono stato un Maestro per diverse donne nella mia vita. Le donne erano molto sottomesse e mi hanno dato totale obbedienza. In cambio, mi sono preso cura di loro, emotivamente e sessualmente. Erano relazioni basate sulla fiducia e sulla comprensione reciproca."

Per un momento, Samantha fu stupita.

Sperava che l'appuntamento in ufficio fosse dolorosamente imbarazzante.

Invece, ciò che ottenne fu un'insegnante sessualmente avanzata che apparentemente la capiva.

"Va bene", ha detto. "Penso che abbia ragione. Ha senso incorporare alcune di queste cose nel mio progetto di scrittura. Non tutto ciò che riguarda la schiavitù, ovviamente, ma l'autoriflessione e la scoperta."

L'insegnante ha piegato il foglio.

"Quindi ora non avrai bisogno di tutti i miei appunti, dato che la storia è cambiata. Ma portali con te. Ti suggerisco di trovare una nuova storia per la seconda metà del tuo romanzo, insieme a un nuovo finale. Molti studenti trovano questo corso stesso rivelatore. Imparano cose su se stessi durante il processo di scrittura. Questo è ciò che amo insegnare ".

Una sensazione di delusione si diffuse su Samantha mentre l'insegnante le metteva il foglio piegato davanti.

"Il nostro incontro è finito?" lei chiese.

"Sì. Ovviamente devi cambiare parti della tua storia, quindi i miei commenti sono sostanzialmente inutili."

"Possiamo incontrarci di nuovo? Volevo ancora parlarti per un consiglio di scrittura."

"Possiamo discutere della scrittura dopo aver gestito la trama."

Un nuovo senso di fiducia e comprensione traboccò su Samantha.

Era come un'epifania.

Il suo amore per la schiavitù e la scrittura apparentemente si sono riuniti per la prima volta.

Lei annuì.

"Grazie di tutto. Sei il migliore."

"Perché ho la sensazione che tu stia pianificando qualcosa?"

"Solo il mio primo romanzo", sorrise.

"Volevo dire quello che ho detto. Mi piace il fatto che tu sia cauto con le tue fantasie e il tuo corpo. Se potessi insegnarti una cosa, sarebbe non fare nulla di stupido con il tuo corpo. Rispetta te stesso. Questa è la cosa più importante che posso insegnare una giovane donna come te. "

In quel momento, Samantha provava sentimenti per l'insegnante.

Lo sentì nella sua mente, nel suo cuore e tra le sue gambe.

Lei lo sapeva.

E la maestra si rese conto di cosa doveva pensare.

SECONDA PARTE
LE IMMAGINI

CAPITOLO I

Passarono alcune settimane.

Con il successo ottenuto nella galleria d'arte, il fotografo ha chiesto a Samantha di tornare in studio per scattare altre foto, e lei ha accettato volentieri.

Era la sua occasione per sfuggire allo stress della vita e godersi una fantasia.

Inoltre, i soldi che avrei ottenuto per me andavano bene.

Come guardaroba indossava un piccolo vestito nero, composto da un reggiseno e mutandine di pelle.

Indossava anche stivali neri.

Alla fine, e soprattutto, indossava la piccola maschera nera.

Dio vieta che qualcuno la riconosca.

Mentre indossava l'abito e la maschera, Samantha provò un'ondata di eccitazione mentre si preparava per il servizio fotografico.

In un modo strano, ha capito le esigenze dei tossicodipendenti.

Questa era la sua dipendenza.

Qualcosa che bramava emotivamente e fisicamente.

Quando fu pronta, entrò nello studio dove il fotografo stava preparando la sua macchina fotografica.

Le luci, gli accessori e gli sfondi erano già al loro posto.

Avevano le loro solite chat e battute.

Samantha ha espresso la sua gratitudine e felicità per gli altri ritratti venduti bene.

Il fotografo ha notato che è stato tutto grazie a lei.

"Continueremo da dove eravamo rimasti?" chiese il fotografo, tenendo la macchina fotografica in mano, con la cinghia intorno al collo.

"In realtà, oggi vorrei provare qualcosa di un po 'diverso."

Sembrava aperto a quello.

"Hai qualcosa in mente?"

"Non proprio. Non lo so. Ma mi sento un po 'più avventuroso."

Ci pensò un momento.

"Che ne dici di mostrare un po 'più di pelle? So che sei sempre stato preoccupato per questo, ma più pelle generalmente aiuta con le vendite."

Dopo un breve momento di esitazione, Samantha abbassò il lato sinistro del reggiseno, per rivelare parzialmente il suo piccolo capezzolo rosa.

"Che ne dici?" lei chiese.

Rimase professionale a riguardo.

"Possiamo farlo così. Certo. Che ne dici di schiavitù? Come prima?"

"Le mani dietro la schiena questa volta. E in ginocchio. Mi piace quanto sarò vulnerabile."

"C'era qualcosa nel tuo caffè oggi?" ha scherzato.

"Lascia. L'unica cosa che succede è che sono una donna con un'idea in mente."

"Qualunque cosa tu dica. Mi piace quell'idea. Cominciamo con questo. Ti legherò i polsi da dietro."

Il fotografo abbassò la macchina fotografica e la lasciò appendere al collo.

Poi è andato per le corde.

Samantha si voltò e si mise le mani dietro la schiena.

Prima che lui le legasse le corde, lei lo fermò.

"Aspetta, aspetta un momento."

Samantha allungò la mano e abbassò un po 'anche la parte destra del reggiseno, esponendo i suoi due piccoli capezzoli rosa.

Quindi si mise rapidamente le mani dietro la schiena.

"Okay, ora sono pronto", ha detto.

Il fotografo ha legato la corda e fatto un nodo, unendo le mani di Samantha.

Questo le dava una strana sensazione di soddisfazione, soprattutto ora che i suoi capezzoli erano esposti.

"Ora siamo pronti per andare avanti. Dammi una posa. Dato che oggi ti senti avventuroso, ti lascerò improvvisare. Fai quello che vuoi."

Samantha ha affrontato il fotografo, che ha fatto qualche passo indietro e ha iniziato a scattare foto.

Le faceva sentire strano per un uomo scattare foto dei suoi capezzoli nudi, mentre le sue mani erano legate.

Era così eccitante e sentì un ronzio tra le gambe e formicolio di sensazioni attraverso i suoi capezzoli.

Non c'era molto che potesse fare con le sue braccia.

Ed era abituata a ricevere istruzioni durante la modellazione.

Quindi l'inizio è stato un po 'imbarazzante.

A poco a poco si abituò, muovendo spalle, fianchi e piedi per formare diverse pose.

Quindi si inginocchiò.

Una posa vulnerabile.

Ha preso diversi colpi da diverse angolazioni.

Rotolò su un fianco.

Ha fatto altre foto.

Si girò, premendo lo stomaco e i capezzoli sul pavimento.

Ha fatto delle foto al suo culo.

Poi rotolò sulla schiena, le mani legate dietro di lei, i capezzoli che puntavano in aria.

Ha scattato altre foto e ha provato una scarica di adrenalina.

Grazie a Dio per la maschera, che gli ha permesso di preservare la sua identità quando queste immagini sarebbero state pubblicate in varie gallerie d'arte, visto da Dio sa quante persone.

L'esibizionismo è stata una strana emozione per lei.

Ma non tanto quanto la presentazione.

CAPITOLO II

Dopo una veloce sessione di masturbazione nella sua camera da letto, Samantha si lavò le mani e si sistemò nel suo letto.

Si sedette dritta con la schiena contro il cuscino e il portatile in grembo.

Fresca dal servizio fotografico, era armata di nuove emozioni ed esperienze, il che era perfetto per uno scrittore dilettante come lei.

Ha aperto il word processor e ha continuato il suo incarico di scrittura, che sarebbe anche la base per il suo primo romanzo.

Ho già fatto diverse pagine.

Mentre scriveva Samantha, ha incontrato un ostacolo.

Si chiedeva quanta parte della sua vita personale avrebbe usato.

Si chiedeva fino a che punto il personaggio nella storia sceglierà di esplorare.

Ed esplorare cosa?

La fantasia di Samantha era la sottomissione sessuale.

Questo è ciò che aveva sempre desiderato.

Questo è quello che voleva.

Metterlo nel libro permetterebbe ai tuoi amici e familiari di conoscere i tuoi pensieri interiori, perché tutti lo leggerebbero.

Si sarebbero chiesti se Samantha stesse scrivendo una storia puramente immaginaria, o se stesse esprimendo i propri desideri e usando il libro come mezzo di comunicazione.

Era il dilemma dello scrittore.

Fortunatamente, conosceva l'uomo con cui poteva parlare di questo.

Aprì il suo account Gmail e vide che aveva due e-mail.

Uno da un amico, l'altro dal fotografo che aveva appena inviato per email l'ultima serie di immagini che avevano fatto insieme quel giorno.

Ma questo non era importante in questo momento.

Ha scritto un messaggio con un titolo diretto: possiamo vederci?

"Salve professore,

Spero tu stia bene. I progressi nel mio incarico di scrittura sono stati costanti, ma ho raggiunto un ostacolo in termini di storia.

Più specificamente, sto lottando con quanta parte della mia vita personale dovrei includere in essa. E sì, mi riferisco all'argomento di cui abbiamo discusso nel tuo ufficio qualche settimana fa. Sono sicuro che capisci come dovrei sentirlo al riguardo.

Mi aiuti per favore!

Samantha "

Ha inviato il messaggio.

Quindi ha letto l'e-mail della sua amica e ha inviato una risposta rapida.

Alla fine aprì l'e-mail del fotografo, che conteneva un breve commento insieme a un allegato, che conteneva un totale di sessantotto immagini.

Scaricò il file e guardò brevemente le immagini.

Era un po 'surreale vedersi così.

Mani legate dietro la schiena.

La maschera che nascondeva la sua identità.

E i suoi capezzoli esposti.

Le foto di lei in ginocchio e sulla schiena erano eccitanti.

Gli appassionati di arte erotica comprerebbero sicuramente quelle immagini alla prossima mostra d'arte.

Erano fatti in modo brillante, pensò Samantha.

Si chiese brevemente se avrebbe dovuto inviare quelle stesse foto all'insegnante.

Forse vorrebbe anche vederli.

Comprende ovviamente le scelte di Samantha, che ha molto apprezzato.

Inoltre, quelle immagini erano in qualche modo rilevanti per il suo incarico di scrittura, in quanto espressione della sua stessa sessualità ed esplorazione.

Samantha ha composto un'altra e-mail con un'intestazione breve e un breve messaggio per l'insegnante.

Allegò il file con le sessantotto immagini che il fotografo gli aveva scattato quel giorno.

Stava inviando al suo insegnante altre foto di schiavitù, solo che questa volta sarebbe stato apposta, non per caso come prima.

Il dito indugiò un po 'sul pulsante "Invia" nell'e-mail.

Lei esitò.

Quindi ha eliminato completamente l'e-mail.

Cosa penserebbe il professore se gli inviasse un'altra serie di foto di bondage?

Probabilmente lo stava prendendo in giro, pensò, considerando che lui aveva detto che l'altro era stato un errore.

O che cercava disperatamente di sedurlo.

È arrivata un'e-mail.

Fu una risposta dell'insegnante:

"Certo, domani sono libero alle nove del mattino. Insegno un'altra lezione alle dieci del mattino, quindi il tempo è limitato.

Inviami la tua storia. Lo leggerò stasera e possiamo discuterne domani.

Professore "

Le cose si muovevano e le ruote erano in movimento.

Lo mandò via e-mail con un allegato alla sua storia.

Si chiese cosa avrebbe pensato.

CAPITOLO III

La prossima mattina.

La porta dell'ufficio dell'insegnante era aperta.

Come al solito, sembrava lavorare, guardando alcuni fogli sulla sua scrivania.

Samantha si era vestita in modo simile al loro ultimo incontro.

Qualcosa di informale, ma di classe. Non molto sexy, non troppo prudente.

Non voleva inviare segnali sbagliati, soprattutto di cosa discuteranno.

Dopo aver bussato alla porta, l'insegnante vide lo studente e la invitò a entrare.

Si scambiarono alcune battute mentre lei sedeva di fronte a lui alla scrivania.

Certo, avevano parlato molte volte in classe, ma un incontro privato era sempre più speciale.

"Hai letto tutto?" lei chiese.

"L'ho fatto. E mi è davvero piaciuto", ha risposto. "Lavoro solido. Hai un buon talento. Penso che la tua forza come scrittore sia il tuo realismo. C'è una grande profondità nei personaggi."

L'orgoglio è esploso dentro Samantha, ma è riuscita a contenerlo.

"Grazie. Ci ho pensato molto."

"Sono sicuro che lo hai fatto. Come incarico di scrittura, questo è probabilmente un lavoro di livello A", ha spiegato. "Ma non sei soddisfatto, vero? Stai cercando di diventare un romanziere."

"Così è."

L'insegnante ha preso alcuni documenti.

"Alcune note che ho preso, che volevo discutere con te. Sono semplici esempi per espandere le tue descrizioni e storie secondarie in modo da poter completare un buon libro. Anche se non mi aspetto che tu lo faccia ora. Francamente, se ogni studente mi ha dato un lungo romanzo sarei inghiottito leggendo costantemente ".

Samantha prese i fogli e i suoi occhi lessero rapidamente gli appunti.

"È incredibile. Grazie."

"Non c'è bisogno di ringraziarmi."

"Lo fa per tutti gli studenti?" lei chiese.

"Solo per gli studenti che vogliono diventare romanzieri e vogliono un livello extra di critica. Sono sempre pronto ad aiutare in questo senso."

"Hai mai dormito con uno studente?" chiese senza mezzi termini, senza preoccuparsi delle possibili conseguenze.

"Perché me lo chiedi?"

"Sto facendo ricerche sui personaggi per il mio incarico di scrittura."

Lui sorrise.

"È così? Sei una ragazza diretta, lo sapevi?"

"Le ragazze timide non possono entrare in una scuola come questa. Questo è certo."

"Probabilmente hai ragione."

"Allora, qual è la risposta?"

"L'ho fatto, con uno studente qualche anno fa", ha risposto. "Ma tieni presente che non ero uno stalker. Non ho mai perseguitato sessualmente uno studente."

"Allora, come è potuto succedere?"

"Diciamo che abbiamo avuto un amico comune e ci siamo incontrati a una festa. Una festa di scambisti. Entrambi avevamo estremità opposte dello stesso interesse. Era una sottomessa incondizionata. Ero un Maestro esperto. Potete immaginare il resto."

"Interessante."

"Sarà davvero nella tua storia?"

"Probabilmente", rispose. "Nella mia storia, la giovane donna crea una relazione con un uomo molto più anziano, che ha molta più esperienza nella vita."

"Anche bello, spero."

"O si."

"A proposito, hai menzionato qualcosa nella tua e-mail sull'incorporazione della tua vita personale nella tua storia."

Samantha annuì.

"Esatto. Il mio cuore e la mia mente vogliono portare la storia nella stessa direzione. Il punto è che quella direzione coinvolge, sai, il sesso. La maggior parte dei giovani attraversa questa fase, dove vogliono solo esplorare il sesso e le sue bellezza. Immagino sia per questo che scorre nella mia scrittura. "

"E sei preoccupato che le persone ti giudichino in base al contenuto della tua storia."

"Esatto. Ha attraversato la stessa cosa con i suoi libri?"

"Certo che lo è. Ma è diverso. Sono un uomo. Sei una giovane donna. La società ha standard diversi per noi quando si tratta di sesso. Ma se stai cercando una mia risposta in questo senso, mi dispiace, non posso dartene uno. Risposta. Questa deve essere tua. Questa è la tua arte, la tua storia, non la mia. "

Samantha ci pensò un momento e annuì.

"Posso mostrarti qualcosa?"

"Ovviamente."

"Aspetta un secondo."

Samantha prese il telefono e cercò tra le sue foto.

Quindi ha consegnato il telefono all'insegnante.

"Quelli provengono da un servizio fotografico che ho fatto ieri", ha spiegato. "Ieri te li ho quasi inviati, ma non pensavo fosse appropriato."

Ha rivisto le immagini esplicite.

"Allora perché pensi che sia appropriato adesso?"

"Perché apprezzo la tua opinione. E volevo mostrarti che ho ricevuto il tuo consiglio dall'ultima volta che ci siamo incontrati. Mi ha detto di rispettare il mio corpo. Beh, l'ho fatto. Sì. Quelle pose erano la mia idea. Questa è la mia fantasia e la mia espressione sessuale. come una giovane donna in buona salute ".

L'insegnante guardò di nuovo le foto al telefono.

"Sembri certamente una giovane donna in buona salute."

Le restituì il telefono e Samantha lo mise via.

"Posso farti una domanda personale?"

"Perché no? Siamo già diventati personali."

Deglutì a fatica.

"Come Maestro, cosa faresti alla tua sottomessa, se fosse in quella posizione? In ginocchio con le mani legate."

"Qualche motivo particolare per cui vuoi saperlo?"

"Sono solo curioso. Mi aiuterà a scrivere i compiti, perché capirò cosa farebbe un vero Maestro in quella situazione."

Ci pensò un momento.

Forse stava pensando a cosa avrebbe fatto.

Forse stava pensando se doveva dirlo o no.

Samantha non poteva dirlo.

Alla fine, l'insegnante ha dato la sua risposta:

"Ti allenerei la gola."

Fu sorpresa per un attimo.

"Suppongo che tu intenda ..."

"Gola profonda. Mi dispiace per la lingua, ma è quello che vorrei fare. È la cosa più ovvia in quella posizione, giusto? Sei in ginocchio. Con le mani legate dietro la schiena, non sarai in grado di resistere al mio ingresso con la bocca."

Samantha si sentì stringere la figa.

"Questo ha certamente senso."

"Bene, è così che crei una bella storia. Immagina tutti gli scenari e cosa succederebbe dopo. Come reagirebbero i diversi personaggi in ogni situazione. È così che dovresti pensare."

"Lo so."

Lui sollevò un sopracciglio.

"Sembra che tu abbia più della tua storia completa di quella che mi hai mandato per email."

"Gli ho mandato tutto", ha detto con espressione giocosa. "Ho anche molte idee, ma non le ho ancora scritte. Devo superare l'ansia che le persone conoscano i miei pensieri."

"Gli autori non possono superare i limiti se sono in ansia per ciò che la gente pensa. Questo è sicuro."

"Hai qualche consiglio per quello?" Chiese con una voce leggermente acuta, come se stesse suggerendo qualcosa.

"Beh, ho scritto tutti i miei romanzi allo stesso modo, che è quello di produrre la migliore storia possibile che voglio raccontare, e sperando che la gente apprezzerà leggerlo."

"Ha senso."

"Ma non te lo consiglierò, data la natura di ciò di cui abbiamo discusso", ha aggiunto. "Deve essere la tua decisione che tipo di storia vuoi raccontare, quanto è onesta e quanto sesso vuoi includere."

"E se volessi, sai, spingere i limiti?"

"È una tua decisione. Ma come ho detto, non essere stupido. Questo mondo è pieno di persone che vogliono usarti per fare sesso."

"E se volessi essere usato? "

L'insegnante la guardò dritto negli occhi.

Lei ricambiò il suo sguardo.

Nessuno dei due era ignorante.

Sapevano esattamente cosa stava attraversando le menti degli altri.

"Sono troppo vecchio per i giochi, Samantha", ha detto il professore. "Sono già stato generoso con il mio tempo e feedback.

Quindi, se vuoi qualcosa di più da me, non giocare, sii solo una donna adulta e dillo."

Samantha si sentì stringere il petto.

Inspirò ed espirò più forte.

"Mi aiuterai? Mi insegnerai?" Ha già detto con fiducia.

"Ti insegna cosa, esattamente?" chiese bruscamente, come un insegnante che sgrida uno studente cattivo per essere troppo impreciso. "Essere chiaro."

"Saresti il mio padrone?"

"Quella scelta è un dono", ha detto. "Devi scegliere saggiamente."

Fece un respiro profondo.

"Ho fatto solo un terribile errore? Dio, sono un idiota. Mi dispiace così tanto. Ti prego, ti prego, non lasciare che questo rovini il nostro rapporto accademico. Voglio davvero continuare a lavorare con te."

"Sei rumoroso quando hai orgasmi?" chiese senza mezzi termini.

"Scusate?"

"È una domanda semplice. Penso che tu mi abbia sentito bene."

Si schiarì la gola.

"Sono quasi normale. Ma tutto dipende, ovviamente, dal mio umore e da come mi sento."

"Alzati la maglietta, poi alzati il reggiseno per esporre i capezzoli, come in quelle foto."

Era il momento della verità.

La prima volta che Samantha si sottometteva a un uomo.

Sollevò la camicia accuratamente stirata per rivelare la sua pancia nuda.

Poi più in alto per rivelare il suo reggiseno bianco, che conteneva il suo seno un po 'disturbato.

Quindi sollevò il reggiseno per rivelare i suoi piccoli capezzoli rosa.

"È questa la tua idea di dominarmi?" chiese lei, quasi sfidandolo a fare di più.

"È un inizio. Vuoi andare oltre?"

"Sì."

"Gioca con i tuoi capezzoli. Pizzica. Spremi. Mi piacerebbe vedere come lo fai."

Samantha obbedì all'insegnante.

Lui pizzicò e strinse i suoi piccoli capezzoli rosa mentre continuavano a fissarsi negli occhi.

"È questa la mia iniziazione?" lei chiese.

"Non esattamente. Non ancora."

Ha continuato ad accarezzare le sue tette.

"Non è?"

"In primo luogo, dovrò vedere quanto sei coraggioso. Un servizio fotografico è una cosa, la vita reale è un'altra", ha spiegato. "Sbatti i pantaloni. Gioca con la tua vagina nuda per me. Proprio lì. Orgasmo, ma fallo piano. Poi discuteremo di come spingere i tuoi limiti più tardi."

Iniziò a sbottonarsi i pantaloni.

"Posso gestirlo."

"Ti fa sentire a disagio?"

"È un po 'strano", rispose lei con una leggera scrollata di spalle. "Ma è eccitante."

Con i pantaloni sbottonati, fece scivolare la mano destra sulle mutandine e si strofinò il clitoride.

Mantennero il contatto visivo mentre si masturbava, come se fosse una sfida di qualche tipo.

"Cosa stai pensando?" Chiedo.

"Davvero vuoi saperlo?"

"Certo che si."

Samantha ha continuato a giocare con il suo clitoride.

"Entrambi fanno un servizio fotografico insieme. Una sessione di bondage."

"Cosa faremmo?"

"Mi legheresti. Poi mi alleneresti la gola."

"Duro o morbido?"

Lei sorrise.

"Perché non me lo dici?"

"Sono sempre gentile", rispose, guardando il suo studente masturbarsi per lui. "Preferirei prendermi il mio tempo e andare piano. Se avessi la gola profonda, sarebbe quasi romantico, in un modo strano. Andrei molto lentamente. Assicurandoti di prendere la quantità corretta. Quando ci sei abituato, andrebbe un po 'più veloce, un un po 'più difficile. "

Samantha si strofinò più velocemente il clitoride mentre ascoltava il suo insegnante parlare.

Ha immaginato lo scenario che ha narrato mentre parlava.

"Oh Dio," ansimò, sfregandosi più velocemente.

"Penso che tu sia pronto per essere un sottomesso. E forse vorrei essere il tuo Maestro."

Samantha ansimò di nuovo le parole "oh dio" quando raggiunse l'apice.

Non c'era vergogna o somiglianza quando venne, guardando l'insegnante negli occhi.

Rimase quasi senza fiato per un momento in cui il suo corpo si irrigidì e poi si liberò.

Lei tremò leggermente quando tutto fu finito.

L'insegnante si alzò e si avvicinò allo studente, che si stava ancora riprendendo dall'orgasmo.

"Ben fatto", ha detto.

L'insegnante si mise il reggiseno di Samantha e si premette il seno per coprirsi i capezzoli.

Quindi abbassò la camicia, assicurandosi che fosse bella e pulita.

Poi l'aiutò ad abbottonarsi i pantaloni.

Quando l'insegnante ha finito di vestire Samantha, sembrava nuova, con un'espressione brillante sul viso e punte delle dita leggermente bagnate.

"Qual è il prossimo?" lei chiese. "Per noi."

"Avanti? Presto seguirò una lezione. Devo andare. E se non sbaglio, presto avrai anche una lezione."

"Capito."

"Vuoi che ci incontriamo di nuovo?"

Lei annuì.

"Lo voglio."

"Solo per discutere del tuo incarico di scrittura?"

Esitò, la sua voce tremava.

"Voglio, sai, continuare questo. La mia formazione. Questa esperienza è utile per il mio processo di scrittura."

"E che altro?"

Sapeva esattamente cosa voleva sentire l'insegnante.

"E penso che sia molto eccitante", ha risposto onestamente. "È la mia fantastica fantasia. Sono venuto per te, pensando a te. Voglio essere il tuo sottomesso."

"Lunedì. Vieni qui, nel mio ufficio, alle sette del mattino."

"Perchè così presto?"

"Nel caso urlassi accidentalmente, non voglio che nessuno lo ascolti."

Gli occhi di Samantha si spalancarono e la sua figa si strinse.

CAPITOLO IV

Durante il fine settimana, ha partecipato a un altro servizio fotografico con lo stesso fotografo.

Nello stesso studio.

Con gli stessi accessori.

Le immagini erano più rischiose quando si sentiva a proprio agio con la sua sessualità e preferenze sottomesse.

Ha chiesto di stringere le corde.

Voleva provare a provare com'era essere un vero sottomesso.

E lei ha fatto proprio questo.

Il risultato finale è stato molto erotico, ma fatto con piacere.

Samantha era di nuovo in ginocchio, con i polsi legati davanti a sé e una maschera nera sul viso.

Durante il servizio fotografico in tutte le espressioni del corpo che ha eseguito, ha emesso un'alta sensualità perché pensava costantemente che l'insegnante la stesse allenando.

Di nuovo in camera da letto, Samantha ha scritto senza sosta e con grande intensità sul suo laptop, seduto nella sua posizione preferita di scrittura, sul suo letto, con la schiena contro il cuscino.

Il suo compagno di stanza, Vicky, giaceva nel letto adiacente, vestito solo con una maglietta.

Quando Vicky allungò il suo corpo, la sua figa fu esposta, ma erano entrambi abituati a vicenda.

"Tutto quello che fai è scrivere" disse Vicky. "Non ti annoi mai con quella cosa?"

Samantha continuava a scrivere.

"Non c'è modo."

"Probabilmente otterrai buoni voti questo semestre con tutto quello che hai scritto. Dai, andiamo fuori per hamburger e frullati."

"Ho bisogno di guardare la mia dieta."

"Allora mangia solo l'hamburger e salta il frullato."

Samantha fece una pausa e guardò il suo compagno di stanza.

"Non è una cattiva idea. È passato troppo tempo dall'ultima volta che ho mangiato un hamburger."

"Il mio regalo. E conosco esattamente il posto," disse Vicky, saltando giù dal letto.

Samantha stava per chiudere il suo portatile quando ricordò qualcosa.

Ha cercato le foto.

"Aspetta, posso mostrarti qualcosa molto velocemente?"

Vicky si avvicinò e guardò le immagini esplicite sul portatile.

Immagini di una Samantha parzialmente nuda, in ginocchio, con polsi legati e suggestive pose sensuali.

"Dannazione ragazza," esclamò Vicky. "Sei davvero tu?"

"Sì."

"Non avevo idea che tu potessi essere così ..."

"Simbolo del sesso?" Samantha ha scherzato. "Cerco di tenere nascosto quel lato."

Vicky rise.

"Beh, qualunque cosa tu faccia, continua così. A questo ritmo, non avrai nemmeno bisogno di un diploma universitario, potresti essere un modello professionale."

"Preferisco la mia attuale carriera professionale."

"Qualunque cosa funzioni per te. Nel frattempo, ho fame. Vestiamoci."

Samantha guardò la sua compagna di stanza andare nell'armadio e togliersi la camicia, lasciandola completamente nuda.

Come al solito, Samantha provò una piccola ammirazione perché Vicky era benedetta nel reparto del seno, con grandi tette che attiravano l'attenzione, ma Samantha cercava di non essere gelosa.

Si sentì anche un po 'in colpa per non aver raccontato alla sua compagna di stanza la situazione con l'insegnante.

Sin dal liceo, erano sempre onesti con tutto, soprattutto per i ragazzi.

Non si sono mai tenuti segreti gli uni dagli altri.

Ma questo era diverso.

L'insegnante fece promettere a Samantha di non dirlo a nessuno e Samantha manteneva sempre la parola.

Prima di alzarsi dal letto, Samantha ha rapidamente aperto il suo account Gmail e ha scritto un messaggio per il suo insegnante.

Ha allegato l'ultima versione del suo incarico di scrittura.

Ha quindi allegato le ultime foto di schiavitù che aveva scattato quel giorno.

Inviato.

Samantha mise via il portatile e si tolse i vestiti, spogliandosi accanto al suo compagno di stanza.

Avevo urgentemente bisogno di mangiare qualcosa ad alto contenuto di calorie.

TERZA PARTE
LE CORDE

CAPITOLO I

Quando è arrivata lunedì mattina, Samantha non era più preoccupata per il suo vestito o aspetto.

Non come nelle altre occasioni in cui aveva incontrato il professore.

Era già abituata a vedere l'insegnante in privato e si era già masturbata per lui.

Indossava una semplice camicetta, i capelli raccolti in una coda di cavallo e un leggero trucco sul viso.

Era anche troppo presto per mettere qualcos'altro.

C'erano anche le brevi istruzioni che l'insegnante gli aveva inviato per e-mail la sera prima.

Le chiese di indossare una gonna corta e di non indossare mutandine.

Una richiesta che era desiderosa di soddisfare, anche se non aveva idea di cosa sarebbe successo.

L'insegnante arrivò all'edificio all'incirca nello stesso momento.

In quel momento della giornata, quasi nessuno era in giro.

Portava la sua solita borsa da ufficio, che di solito conteneva il suo laptop e i libri per la classe, insieme alle chiavi in mano per aprire la porta del suo ufficio.

A questo punto, la loro relazione era diventata casuale e, vedendosi, si domandavano del fine settimana.

Samantha lo sentì diventare un po 'più civettuolo con lui, e l'insegnante era molto meno severo che in classe.

L'insegnante ha chiuso a chiave la porta una volta entrati nell'ufficio, il che era insolito in quanto non l'ha mai tenuta chiusa quando erano dentro.

Quando si sedettero uno di fronte all'altro, la conversazione cambiò.

"Ho letto il tuo documento", ha detto. "E ho visto le tue foto."

Questo la rendeva nervosa per qualche motivo che non riusciva a spiegare.

Cercò di nascondere il fatto di essere per un po 'a disagio, dal momento che non voleva mostrargli alcun tipo di debolezza.

"Che cosa hai pensato di tutto ciò?"

"Penso che la tua scrittura sia solida. La struttura della trama è buona. Grammatica impeccabile. Hai un'ottima conoscenza della lingua inglese e mi piace che tu vari le descrizioni. Soprattutto, la trama e i personaggi sono ben sviluppati. Sembra autobiografico. È vivido. Mi piace. "

In qualsiasi altro momento, Samantha sarebbe stata completamente lusingata dai complimenti che aveva appena ricevuto da un insegnante che rispettava profondamente.

Ma ora, mentre sedeva senza mutande, quella era l'ultima cosa che aveva in mente.

"Cosa hai pensato delle foto?"

"Sei una bellissima giovane donna, Samantha", disse. "Ho sempre pensato a te."

"Volevi che venissi qui alle sette del mattino, quando nessun altro è in giro. Mi hai detto di indossare una gonna. E nemmeno io indosso le mutandine."

"Quindi, sei venuto qui solo per allenarti, vero?"

Lei annuì.

"Sto prendendo in giro me stesso?"

"Alzati e guarda avanti."

Samantha si alzò, si aggiustò la camicia e la gonna per sembrare ordinata e guardò avanti.

Anche l'insegnante si alzò e le si avvicinò, osservando da vicino il suo bel viso giovane, cercando di leggere le sue espressioni facciali.

Le labbra di Samantha sembravano stringere.

Il suo corpo era teso e rigido, ma c'era un piccolo luccichio nei suoi occhi, come se avesse aspettato molto tempo per questo.

"Mi piaci davvero, Samantha," disse. "Sei intelligente, motivato, molto gentile e bello."

"Grazie," disse lei, quasi in un sussurro.

"Devo dirti che mi piace essere il Maestro. È qualcosa che prendo molto sul serio. E prendo sempre la massima cura ai miei servitori."

Servi? A Samantha piaceva dove stava andando.

"Capisco" rispose lei.

"E tu? A causa della nostra differenza di età e della mia posizione all'università, non possiamo mai uscire. Non possiamo mai tornare romanticamente. Ti dà fastidio?"

"Posso mantenere un segreto. E sono troppo occupato per avere un ragazzo."

"Quindi, la dolce Samantha è alla ricerca di un Maestro? Per puro bisogno sessuale, no?"

"Penso che tu lo sappia già," disse piano.

"Ci hai pensato? Sono il tuo primo Maestro? Concediti tutto me stesso? Non andrò mai a metà strada. Una volta che sarai mio, farò ciò che voglio con te. Ti spingerò ai tuoi limiti. Ma se vuoi finirlo , sarà finita ".

La figa di Samantha si strinse.

"È quello che sto cercando. Ho sempre desiderato essere sottomesso. E voglio stare con te."

"Perché io?" chiese.

Lei era nervosa.

"Dalla tua esperienza con questo. Adoro il fatto che tu sia così attento. E adoro come pensi. Chi sei. Adoro l'intero tema insegnante-studente. Adoro il potere autorevole che hai su di me."

"Solleva la gonna."

Samantha sollevò la gonna per rivelare la sua figa rasata e il suo culo nudo.

Era nervosa e le sue mani tremavano leggermente mentre teneva la gonna.

"Sei più bello di persona che nelle foto", ha detto.

"Grazie."

"Adesso chinati. Metti le mani sulla mia scrivania. Apri le gambe."

Samantha obbedì.

"Che cosa hai intenzione di fare?"

"Ti farò un grande favore. Questo è per il tuo incarico di scrittura. Mi piace dove sta andando la tua storia. Ma hai alcune cose da imparare. Se vuoi scrivere correttamente su un viaggio sessuale, allora come insegnante, mi piacerebbe che tu lo facessi. esperienza di prima mano ".

La figa di Samantha si contorse mentre manteneva la sua posizione sulla scrivania.

Continuò a guardare dritto mentre il professore perquisiva la sua borsa da ufficio.

Non avevo idea di cosa stavo cercando, né volevo cercare.

Avevo troppa paura di guardare.

Voleva semplicemente lasciare che le cose progredissero.

Le sue mani iniziarono a strofinarle il fondo liscio e le cosce toniche.

"Che belle gambe", ha osservato. "Ti metterò una spina nel sedere. Ne hai mai sentito uno prima?"

"No. Pensi che mi piacerà?

"Se ti rilassi e fai quello che ti dico, godrai di molte cose."

L'insegnante si impastò il sedere come se fosse un impasto.

Spremere forte e massaggiare.

Quando allargò il sedere, Samantha si sentì molto esposta.

Sapeva che stava guardando in profondità nel suo ano.

Quindi l'ha rilasciato.

"Potrebbe sembrare un po 'freddo", ha detto, aprendo un lubrificante.

Il corpo di Samantha sussultò quando l'insegnante si toccò l'ano con le dita lubrificate, ma riprese rapidamente il controllo, restando ferma.

Le dita le circondarono l'ano prima di spingere, coprendo il retto con il lubrificante anale.

"Ti piace il sesso anale?" Chiedo.

"Oh sì. Ma solo se sono di buon umore. Come puoi vedere, sono un po 'stretto lì dietro."

"Sembra così. Adesso rilassati, all'inizio sembrerà un po 'imbarazzante, ma ti abituerai. Prometto."

Dopo aver staccato il dito, l'insegnante premette una spina contro l'anello dell'ano di Samantha.

Erano quattro pollici.

Gestibile per qualsiasi giovane donna.

Diede una leggera spinta e la spina passò attraverso l'anello dell'ano, grazie al lubrificante.

Il corpo di Samantha si contorse e ansimò, ma mantenne la calma.

Lo spinse finché non fu completamente dentro.

Il tappo posteriore è stato progettato per adattarsi a quattro pollici, quindi è stato fermato da una superficie piana, in modo che Samantha potesse sedersi più tardi senza troppi problemi.

"Ora, ho intenzione di inserire qualcosa nella tua vagina", ha detto. "Un piccolo vibratore che solo io posso controllare".

Samantha scosse il sedere.

"Sono alla tua mercé."

"Brava ragazza."

Il professore allungò la mano nella sua borsa da ufficio e tirò fuori un piccolo vibratore di circa sei pollici, che aveva delle cinghie per legarlo.

Separò le sottili labbra marroni di Samantha, rivelando la sua apertura rosa.

Era bagnata, quindi sapeva che era eccitata.

Quindi premette il vibratore contro il suo buco bagnato e spinse.

L'ingresso è stato facile, soprattutto perché le gambe di Samantha erano aperte e il suo sesso era eccitato.

Pollice per pollice, il vibratore si fece strada nella fica di Samantha.

Premette la mano sul tavolo, godendosi la sensazione dell'ingresso e anche il fatto che fosse l'insegnante a farlo.

Una volta che il piccolo vibratore fu completamente inserito, l'insegnante allacciò le cinghie attorno alle gambe e alla schiena di Samantha, fino a quando il vibratore non fu completamente sicuro.

"Non importa quanto forte vibri quella piccola cosa, non vado da nessuna parte." Lei ha pensato

"Adesso siediti," disse il professore.

Samantha si raddrizzò, si raddrizzò la gonna e si sedette di nuovo sul sedile davanti alla scrivania.

È stato un po 'imbarazzante come mi aspettavo.

Era la prima volta che indossava un tappo di testa ed era strano sedersi.

Il suo retto era allungato e sentiva che il suo sedere stava già facendo male.

Anche il vibratore legato nella sua figa era una strana sensazione.

Non ho mai provato niente del genere prima d'ora.

Di solito quando qualcosa di quella forma e dimensione era nella sua figa, Samantha era sulla sua schiena, o a carponi, senza sedersi.

Combinato, il sentimento era surreale.

I suoi due buchi erano pieni di giocattoli sessuali.

Ed è stato per un motivo.

Per quanto fosse scomodo, era anche sessualmente eccitante.

"Successivamente, ti legherò alla sedia" disse.

Deglutì a fatica.

"Posso gestirlo."

L'insegnante era fedele alla sua parola.

All'interno della sua borsa da ufficio c'erano delle stringhe blu che sembravano avere una consistenza liscia.

Quando il polso sinistro di Samantha era legato alla sedia, vide che aveva ragione.

La corda era morbida contro la sua preziosa pelle.

Il nodo dell'insegnante sembrava professionale e corretto.

E lo ha fatto con la perfetta quantità di pressione.

Lo stesso processo è stato ripetuto con il suo polso destro.

Poi vennero le sue caviglie.

Ha visto l'insegnante ripetere abilmente il processo con ciascuna delle sue caviglie.

Lei lo guardò e si meravigliò delle sue capacità.

Era certamente un Maestro esperto, specialmente quando si trattava di corde, pensò.

Non sorprende che il professore fosse così comprensivo delle foto di schiavitù di Samantha, dal momento che aveva lo stesso feticcio, pensò.

Quando finì, Samantha era completamente legata alla sedia, con giocattoli sessuali sul sedere e sulla vagina.

Questo è stato un diverso tipo di euforia rispetto alla partecipazione a un servizio fotografico.

Questa era la vita reale.

Ed era completamente in balia del suo insegnante, che ammirava profondamente.

Si appoggiò allo schienale, il sedere contro la scrivania, guardando il suo lavoro.

Samantha legata al sedile.

"Vorrei che tu potessi vederti" disse il professore. "Così bello, così impotente. Lo spettacolo perfetto di sottomissione."

Lei annuì.

"Grazie a te."

"È questo quello che ti aspettavi? Come ti senti? Ti dispiace? È umiliante per te? Dimmelo e sii preciso."

Ha raccolto i suoi pensieri.

"Mi sento vivo. Come se fossi al sicuro con te. Perché so che non mi faresti mai del male. C'è un conforto in questo. E adoro essere sotto il tuo controllo. Il tuo controllo sessuale. Concedermi. Non so se potrei mai spiegarlo completamente. ma è così che mi sento ".

"Eccolo", ha osservato. "Questi sono i pensieri a cui devi pensare per diventare un grande romanziere un giorno. Stai diventando una donna in sintonia con te stessa. Fiorente."

"Voglio anche sentirlo."

"Sono un passo avanti a te", disse, sollevando un piccolo dispositivo. "Questi pulsanti controllano il vibratore dentro di te. Il che significa che ora controllo il tuo corpo e la tua mente. Vuoi ancora sperimentare lo stile di vita che desideri da così tanto tempo?"

"Si ..."

Non appena quelle parole gli sfuggirono dalle labbra, il professore premette un pulsante che attivava il vibratore.

L'intero corpo di Samantha tremò e la sua faccia sussultò.

Le sue braccia tirarono involontariamente le corde quando tirò, ma invano le corde erano troppo forti.

"Questo è solo il primo passo", ha detto.

Il giocattolo del sesso ha continuato a vibrare nella sua figa.

"Oh, Dio, sembra ... Non ho mai usato un vibratore come questo prima. Sembra così ..."

L'insegnante ha osservato lo studente dimenarsi attentamente mentre si preme un altro pulsante, aumentando la potenza del vibratore di un'altra tacca.

Samantha sembrava senza fiato quando i suoi occhi si spalancarono e la sua bocca formò una O.

Sembrava essere senza fiato per un momento mentre il vibratore faceva la sua magia.

"Questa è l'essenza della sottomissione", ha detto il professore. "Ho il completo controllo. Sei completamente perso. Ed è mio dovere farti venire. Ora, non devi più chiederti com'è. Lo stai vivendo in prima persona, vero?"

Ha faticato a parlare.

"Si ..."

"Ti piacerebbe l'orgasmo?"

Lei annuì.

"Si ..."

La sua voce si affievolì quando la vibrazione divenne travolgente.

Quindi il professore ha premuto l'interruttore che ha portato il vibratore al massimo livello.

Ciò fece tremare l'intero corpo di Samantha e le sue mani serrate.

Le natiche furono involontariamente premute contro la spina del suo fondo.

Chiuse gli occhi e gemette forte.

Quando Samantha pianse e urlò, l'insegnante abbassò il vibratore fino alla prima tacca e Samantha riuscì a calmarsi.

"Sei troppo rumoroso" disse il professore. "Potremmo essere scoperti se urlassi così."

"Mi dispiace così tanto", rispose lei, respirando affannosamente mentre il giocattolo del sesso ronzava ancora nella sua figa. "È stato così intenso. Non avevo mai provato niente del genere prima d'ora."

"Ma vuoi ancora raggiungere l'orgasmo, vero?"

Lei annuì come un cucciolo carino.

"Certo che si."

"Allora dovrò imbavagliarti in qualche modo. Qualche suggerimento su cosa posso metterti in bocca per farti stare zitto?"

Era una domanda retorica.

Lo sapevano entrambi.

Samantha era abbastanza intelligente da cogliere ciò che l'insegnante suggeriva.

E anche lei lo amava, con tutto il suo cuore.

"Il tuo cazzo".

Lui sorrise.

"Solo per farti stare zitto? O vuoi che ti alleni la bocca?"

"Voglio essere allenato. Gola profonda, proprio come ho fantasticato."

"Brava ragazza."

L'insegnante posò il telecomando e cominciò a sbottonarsi i pantaloni.

Samantha guardò con occhi ansiosi mentre il professore si liberava.

Ha notato che era quasi completamente eretto e le sue dimensioni erano piuttosto impressionanti.

Questo la eccitava solo di più.

Si fece avanti, il suo cazzo penzolava di fronte alla faccia di Samantha, il telecomando di nuovo in mano.

"Ti metterò il cazzo in bocca", disse. "Stai andando a succhiarla. E andrai in gola profonda. Allo stesso tempo, ti farò venire con il vibratore. Mi capisci?"

"Sì" concordò.

Ricorda questo sentimento. Usa questo sentimento per i tuoi scritti. Forse lo amerai. Forse lo odi. Ma almeno ci hai provato. "

"Lo voglio. Più di ogni altra cosa."

Con ciò, l'insegnante ha guidato il suo cazzo verso la faccia di Samantha.

Aprì la bocca e l'accettò.

Le scivolò tra le labbra e lei gli avvolse le labbra, succhiandolo.

L'insegnante rimase a bocca aperta.

"Hai la bocca di un angelo", ha osservato. "Continua a succhiare."

E Samantha l'ha fatto.

Succhiava e scuoteva la testa il meglio che poteva.

Tutto quello che poteva fare era muovere il collo avanti e indietro.

Ha lavorato con le labbra e la lingua.

Gli ha fornito una buona suzione e ha girato la lingua intorno alla punta dell'erezione.

Era qualcosa che sapeva che gli uomini adoravano assolutamente.

E le piaceva farlo.

Gli piaceva anche sentire il suo cazzo indurirsi in bocca.

"Rilassati", disse. "Vado più in profondità. Non combatterlo."

L'insegnante mise una mano sulla cima della testa di Samantha, quindi spinse delicatamente, approfondendo il suo pene.

Lei soffocò un po ', poi lui indietreggiò.

Ora conosceva i limiti orali di Samantha.

La ragazza aveva un riflesso di vomito standard.

Tornò dentro, solo dove si trovava il riflesso della nausea di Samantha, e questo era quanto lontano.

Voleva allenarla sessualmente, non farla vomitare.

"Ora è quando ti farò venire", ha detto. "Rilassa il tuo corpo. Ora sei sotto il mio controllo."

Il professore premette il pulsante e il vibratore tornò al livello più alto.

Samantha si dimenò sul sedile trattata come una schiava.

Le natiche ancora una volta serrarono la spina sul suo piccolo foro.

I suoi occhi si inumidirono.

Le sue mani formavano nodi stretti.

Le dita le si serrarono nelle scarpe.

Il piccolo ufficio era pieno del suono del piccolo ma potente vibratore, che faceva funzionare la sua magia nella fica bagnata di Samantha.

C'erano anche suoni di nausea e grida soffocate nella bocca di Samantha.

Suoni volgari e sorseggianti.

"Continua a succhiare", ha detto. "Puoi fare entrambe le cose. Succhialo e fai l'orgasmo allo stesso tempo."

Samantha si concentrò di nuovo sul succhiare il cazzo dell'insegnante.

Forse questo eliminerà i sentimenti estremi nella sua regione inferiore, pensò.

Ha fatto del suo meglio per muovere la lingua attorno al membro, ma era difficile poiché il cazzo le era arrivato fino in gola.

Ha anche cercato di lavorare le labbra nel miglior modo possibile.

Non aveva mai avuto una gola profonda con un ragazzo prima, quindi questa è stata un'esperienza di apprendimento insolita per lei.

Mentre succhiava, le sensazioni nella sua figa diventavano potenti.

La pressione crebbe e crebbe.

Così ha fatto il dolore causato da vibrazioni prolungate, insieme al dolore al retto e al dolore a cui erano legati gli arti.

Lei emise un suono ovattato per il suo cazzo.

"Sei vicino al cumming?"

I suoi occhi lacrimosi guardarono l'insegnante.

Con gli occhi da cucciolo.

Annuì leggermente, come meglio poté, senza ferire il cazzo dell'insegnante.

Il professore sorrise.

"Vieni per me, tesoro. Rilassati e lascia che accada."

Samantha chiuse gli occhi e si concentrò sul succhiare il suo cazzo, che era nella sua gola, insieme ai potenti sentimenti nella sua regione inferiore.

Abbastanza sicuro, l'orgasmo è arrivato.

Ora non poteva più stringere i pugni e le dita dei piedi.

I suoi muscoli si stavano rilassando.

Il suo corpo faceva male.

Sentì un rilascio potente nella sua figa.

La pressione raggiunse il culmine e l'orgasmo andò oltre le parole.

Quando arrivò, si sentì schizzare.

I fluidi sgorgarono dalla sua figa, coprendo il vibratore e creando confusione su dove fosse seduta.

Normalmente, sarebbe terrorizzata dal casino che si stava facendo nella gonna, dato che avrebbe dovuto camminare nei corridoi e attraversare il campus con quella macchia di orgasmo.

Ma questo non era un momento normale, non allora.

Tutto quello che gli importava era quella sensazione intensa.

Nient'altro importava.

Fanculo la gonna bagnata.

Questo è stato l'orgasmo più incredibile di tutta la sua vita.

Respirò affannosamente con gli occhi chiusi.

Poi si rilassò e sospirò.

Fu allora che l'insegnante seppe che aveva appena finito di venire.

Non aveva più senso disturbare Samantha, quindi spense il vibratore.

"È stato bellissimo", ha detto. "Ma ora tocca a me. Hai ancora energia?"

Alzò gli occhi e annuì, gli occhi strappati dall'orgasmo che aveva appena vissuto.

L'insegnante fece oscillare i fianchi.

Per l'atto finale, voleva scoparle la bocca e la gola, e lo stava facendo esattamente.

Ha continuato a succhiare.

Quando la sua energia tornò, tornò a lavorare con la lingua e le labbra.

"Deglutilo", disse.

Teneva ferma la testa di Samantha con una mano e con l'altra mano accarezzava furiosamente il membro del suo cazzo duro e furioso, mentre la punta della sua erezione era nella bocca calda di Samantha.

Samantha era orgogliosa di essere stata in grado di rendere l'insegnante così difficile, e questo ha funzionato.

La faceva sentire sexy, desiderabile e desiderata da lui.

L'orgasmo esplose nella bocca dello studente.

Ruscello dopo flusso di sperma entrò nella bocca di Samantha, nella sua lingua e nella sua gola.

Ad ogni scatto di sperma, Samantha deglutì.

Era qualcosa che le piaceva fare, specialmente ora per l'uomo che le aveva appena regalato quell'orgasmo memorabile.

Le piaceva il gusto e la consistenza del suo sperma.

Lo assaggiò in bocca.

Lo girò con la lingua.

Questo non era qualcosa che avrebbe presto dimenticato.

Ha continuato a succhiare fino a quando non è uscito tutto.

Quindi quando lo sperma si fermò, girò la lingua intorno alla testa del suo cazzo e leccò l'apertura.

Quando il gallo si è ammorbidito, lo ha lasciato cadere dalla bocca e si è baciato con la testa addio.

Samantha guardò la sua insegnante, che la stava guardando.

I loro occhi si incontrarono.

C'era una sottile comprensione tra loro.

Sapevano cosa pensavano gli altri.

Samantha era una ragazza sottomessa che fu finalmente in grado di sperimentare la sua fantasia.

E l'insegnante era un uomo che poteva godere del suo amore per la formazione delle donne.

"Questa è l'esperienza di essere sottomesso", ha detto. "Ora lo sai. Fai quello che vuoi con quella conoscenza."

"L'ho adorato. Ogni secondo" sospirò e si prese un momento per ritrovare la calma.

"Sono contento che tu abbia sperimentato quello che volevi. Se sei una brava ragazza, possiamo farlo di nuovo."

Gli fece un tenero sorriso:

"Meglio. Perché sto scrivendo un lungo romanzo."

Quando l'insegnante sciolse i polsi dello studente, la baciò delicatamente sulla fronte.

Era un Maestro compassionevole.

E Samantha era una sottomessa molto curiosa e tenace.

Ovviamente lo farebbero di nuovo, pensò.

FINE

BIBLIOTECARIA SOTTOMESSA

"Signorina, saresti così gentile da mostrarmi dove sono i libri erotici?" disse una voce maschile dietro di me.

Mi bloccai, le dita bloccate sulla tastiera del mio computer.

Per un momento, chiusi gli occhi e deglutii a fatica.

Ho sentito stringere i muscoli bassi dentro di me.

Ho sentito i miei capezzoli indurirsi contro il raso del mio reggiseno.

Non erano le sue parole, era la sua voce.

Questo è quello che mi ha fatto.

Ho continuato ad ascoltarlo anche ora che era in silenzio, e sono stato svegliato dal bisogno di liberazione.

E 'stato molto fluido.

Come tartufi al cioccolato bianco, la mia panacea, che mi scorreva in gola.

Profondo, proprio come quando io ...

Inspirai, rilasciando lentamente il respiro, le dita che ora si arricciavano mentre cercavo di mantenere l'equilibrio.

"Sarei felice di aiutarti, signore."

Emisi un sussulto morbido ma udibile e un gemito inconfondibile.

Quando mi voltai, sentii il mio respiro affannoso.

Era in piedi dall'altra parte della reception, gli occhiali da sole erano ancora accesi, le labbra sode che tremavano leggermente.

Mi sono reso conto che volevo sorridere.

Ho tracciato le linee dei suoi baffi rossi e del pizzetto con gli occhi, la lingua sporgente per leccarmi il labbro inferiore mentre cercavo di resistere al movimento.

"Libri erotici, signorina?"

Alzai gli occhi, immaginando quali idee gli sarebbero passate per la testa.

"Sì signore, in questo modo."

Ho camminato intorno al bancone, le mie ginocchia tremavano un po '.

Mi sono fermato per ritrovare l'equilibrio, maledicendo me stesso per aver indossato le scarpe nere col tacco alto oggi.

Sarebbe un inferno scendere le scale fino al piano inferiore.

Ho sentito il calore del suo corpo dietro di me mentre camminavamo verso la sezione di riferimento.

Tenevo le mani fisse sui fianchi, volendo raggiungerlo.

Volendo essere al suo giusto posto dietro di lui, lasciandomi guidare da me.

Ma ho mantenuto la mia compostezza professionale e sono passato attraverso gli scaffali enciclopedici.

"Prima le signore", disse una volta raggiunto l'accesso che conduceva al piano di sotto.

Alzai gli occhi al cielo, sapendo di non poterli vedere.

Ma una parte di me desiderava averlo fatto.

Soffocai una risatina e afferrai il parapetto, iniziando la lenta discesa.

Potrei essere una cattiva ragazza quando volevo.

"C'era qualcosa di speciale che stavi cercando, signore?"

"La sezione del romanticismo erotico. Ho scritto il nome che sto cercando sulla carta. Fammi vedere se riesco a trovarlo."

Avevamo raggiunto il fondo senza incidenti, sebbene il mio tallone si fosse impigliato due volte sul bordo degli stretti gradini di metallo.

"Nuovo o usato, signore? Anche il resto dei nuovi tascabili è conservato qui. Li teniamo al piano di sopra solo per un paio di mesi."

"Nuovo, meglio."

"Allora dovremmo andare da questa parte," dissi, girando a sinistra e dirigendomi verso un corridoio scarsamente illuminato, la mia frequenza cardiaca aumentava ad ogni passo.

Il suo respiro divenne più pesante mentre mi seguiva.

Le nostre scarpe scattarono sul pavimento del seminterrato, il suono attutito dagli scaffali dei libri intorno a noi.

Sopra di noi, una luce ronzava e sbatteva le palpebre.

Ho preso nota mentalmente di segnalare la lampadina difettosa.

"Qual era il nome del libro?"

"Non riesco a trovare la mia nota. Ma l'autore ha iniziato con E e il suo cognome era Sanders, Erika? Avrebbe saputo il titolo se l'avesse visto."

Ho indicato una serie di scaffali attraverso la stanza.

"Sarebbe meglio iniziare lì, allora."

"Dopo che ti sei perso."

Sentii la sua mano sulla parte bassa della mia schiena mentre ci avvicinavamo alla sezione corretta.

Chiusi brevemente gli occhi, desiderando gemere.

Era passato molto tempo da quando ho sentito il suo tocco, anche se era stato solo questa mattina presto.

Attraverso la mia camicetta, potevo sentire il calore della sua pelle bruciare la mia.

"Potrei aiutarti a cercare se potessi darmi un suggerimento. Forse una parola?"

"Sesso. Penso che abbia qualcosa a che fare con il sesso."

La sua voce era un debole sussurro contro il mio orecchio.

Poi si premette contro di me, spingendomi verso una piccola scrivania in fondo al corridoio.

Quando non potevo andare oltre, la pressione sulla parte bassa della schiena aumentava e mi sporsi in avanti.

"Ma il mio interesse per la lettura sta diminuendo proprio ora. Preferisco sperimentarlo."

Ansimai, afferrando il bordo della scrivania per stabilizzarmi.

I miei seni si schiantarono contro il freddo, duro.

Gemetti quando sentii la sua eccitazione attraverso i suoi pantaloni e la mia gonna mentre mi strofinava lentamente dietro di me.

Ho deglutito mentre la sua mano scivolava più a sud, accarezzandomi la schiena.

Aggrappandosi alla gonna.

Tirando le mutandine sulle ginocchia.

Quando le sue dita mi sfiorarono la figa, premendomi tra le mie labbra gonfie, gemetti ad alta voce.

"Shhh"

Ha continuato ad accarezzarmi così lentamente che è stato esasperante.

L'altra mano giocava con i miei capelli, lasciando andare il panino che mi aveva meticolosamente messo addosso stamattina.

Mi morsi il labbro inferiore e appoggiai la guancia sulla scrivania.

Sibilai di nuovo quando la sua mano scomparve tra le mie gambe.

"Sii una brava ragazza. Non muoverti."

L'ho sentito sbottonarsi la cintura e decomprimere i pantaloni.

Ho sentito il suo lieve sospiro mentre probabilmente liberava il suo cazzo dai confini delle sue mutande.

Ho sentito il mio cuore battere all'impazzata nelle orecchie.

"Ora ricorda, signorina, siamo in una biblioteca. Ho sentito che ci sono regole rigorose per fare rumori forti. E la punizione per aver infranto quelle regole ... beh, sono sicuro che sai quali sono i doveri di essere un bibliotecario e tutto il resto. "

Le sue dita mi accarezzarono di nuovo la figa.

Ma qualcosa non era giusto.

Mi afferrava anche i fianchi con entrambe le mani.

Gemetti di gioia rendendomi conto che era il suo cazzo a strofinarmi lì.

Un forte scoppiettio risuonò quando colpì il mio fondo nudo, facendomi saltare e urlare.

"Ti ho fatto una domanda, signorina."

"Scusami, signore."

"Sei eccitato?"

"Si signore."

Si spinse in avanti, il suo cazzo penetrava molto leggermente mentre oscillava i fianchi da un lato all'altro.

Allargai le gambe più che potevo con le mutandine che ancora univano le ginocchia.

Una volta che fu completamente dentro di me, mi mosse una mano sulla parte bassa della schiena.

Mi avvolse i capelli sciolti attorno all'altra mano e mi tirò.

Ho urlato e ho guardato il freddo muro grigio.

L'aveva così grande dentro di me, allargandomi.

Ansimava mentre entrava e usciva senza fretta.

Mi colpì di nuovo il sedere e poi si sporse di nuovo sulla scrivania.

"Questa è una brava ragazza. Bella e attillata. Molto bagnata. Come piace al tuo signore."

Gemetti, il mio corpo lo supplicava di raggiungere l'orgasmo.

Ancora una volta, ho oscillato contro di lui, seguendo il suo ritmo.

Questo mi ha fatto guadagnare un altro successo.

"Non muoverti, Piccola. Sto fottendo con te. Avrai la tua occasione più tardi. E stai zitto."

Ho cercato di non fare rumore.

Ci ho provato molto.

Sapevo che c'erano altre persone nella biblioteca, ma nessuno scendeva nel seminterrato.

Ma di tutti i giorni in cui qualcuno può vagare qui, oggi potrebbe essere il giorno.

Eppure, desideravo anche che qualcuno ci trovasse a scopare in giro per poter abbracciare quel po 'di esibizionismo nascosto da qualche parte dentro di me.

Tuttavia, quando si tuffò e si tirò fuori, tirandomi i capelli, non potei fare a meno di gemere e ansimare.

Urlando quando ha deciso di colpirmi.

Mi ci sono voluti diversi lunghi minuti.

Mi sentivo così bene.

Tuttavia, in questa prospettiva, non è riuscito a raggiungere l'orgasmo.

E lo sapeva.

Lui mi lasciò la schiena, afferrandomi ancora i capelli e colpendomi il sedere.

Forte.

Sibilò nella sua voce quando chiese:

"Ti piace, piccola?"

Ho ringhiato.

"Sì signore! Mi piace duro"

"Sì, cosa, piccola?"

Mi ha colpito di nuovo.

I suoni acuti e il breve dolore mentre la sua mano si univa alla mia pelle nuda competevano con le mie urla.

Soprattutto mentre continuava a spingere il suo grosso cazzo nella mia figa.

Non riuscivo a pensare.

Non sapevo parlare.

"Sto aspettando."

Un altro colpo.

"Se io amo!" Ansimai.

"Brava ragazza."

La sua mano libera scivolò sotto di me e mi accarezzò il clitoride.

Ho urlato mentre il mio corpo tremava.

Ma non è stato abbastanza lungo.

La sua mano scomparve e improvvisamente si ritirò completamente.

"Alzati, Piccolo, e girati."

Le mie gambe erano insensibili mentre obbedivo.

Appoggiai il sedere contro la scrivania per un momento, ma immediatamente mi raddrizzò, facendo una smorfia.

Non pensavo che sarei stato in grado di sedermi per alcune ore.

"Togliti i vestiti."

Ho aperto la bocca, ma l'ho chiusa quando l'ho visto inclinare la testa verso il basso e guardarmi oltre il bordo dei suoi occhiali da sole.

Mi sono sbottonato la gonna e l'ho fatta scivolare giù, tirandomi giù le mutandine.

Mi sono sbottonato la camicetta, l'ho tolta e ho aggiunto il reggiseno alla pila in crescita sul pavimento.

Mi guardò con un sorriso sulle labbra, la lingua che sporgeva ogni volta che rivelava più della mia pelle.

Quindi allentò la cravatta e la lasciò andare.

Girò un dito in aria.

Mi sono girato ancora una volta.

In silenzio, mi prese le mani, tirandole dietro la schiena e legandole con la cravatta.

Poi mi ha premuto sulla spalla e l'ho affrontato di nuovo.

"Riposati."

Mi sono morso il labbro inferiore, ma ho obbedito.

Il mio sedere era ancora molto dolorante, specialmente con il bordo della scrivania che affondava nei miei muscoli lividi.

E ora anche con le mani legate dietro la schiena, non potevo usarle per trattenere il mio corpo.

"Apri le gambe. Brava ragazza."

Appoggiò la mano sinistra sulla spalla destra per bilanciarmi prima di coprire la mia figa con l'altra mano.

Ho chiuso gli occhi quando due delle sue dita premevano tra le mie labbra gonfie, sfregandomi il clitoride.

Abbassai la testa e indietreggiai da lui verso il muro dietro di me.

Mi costrinse ad allargare ulteriormente le gambe e sollevò la mia figa in modo che le sue dita gli accarezzassero più profondamente.

Ho dimenticato tutto del dolore.

E quanto vulnerabile se qualcuno ci avesse sorpresi.

Tutto quello a cui riusciva a pensare era raggiungere quella scogliera e cadere la testa prima dopo.

Stavo salendo, salendo e salendo ... gemendo durante il mio consenso.

"Oh piccolo. Cosa ti ho detto di stare zitto?"

Rimasi senza fiato quando ritirò la mano e mi tirò in piedi.

"Mettiti in ginocchio."

Piagnucolavo mentre mi aiutava a mettermi in ginocchio.

Le mie mani riposavano sul mio sedere dolorante.

I bordi della sua cravatta mi sfioravano la parte posteriore delle cosce.

Potevo ancora sentire la puntura del suo tocco, il calore della mia pelle dove erano state le sue mani.

La mia figa era schiacciata dal vuoto che era lì adesso.

"Apri la bocca."

Appoggiai la testa all'indietro e lasciai cadere la mascella.

"Brava ragazza."

Mi accarezzò la guancia con la parte posteriore delle dita per un momento.

Poi mi mise il pollice in bocca, lo inumidì con la lingua e si passò il dito sul labbro inferiore.

"Sei così fottutamente affascinante, mia signora. La mia ragazza."

Detto questo, sollevò il suo cazzo e rimise il pollice con la testa del suo cazzo.

"Leccalo."

Ho tirato fuori la lingua e ho coperto la punta con la mia saliva.

Mi strofinò il cazzo da un lato all'altro e attorno alle mie labbra.

E poi gemetti.

"Ora che cosa ho intenzione di fare con quei rumori che stai facendo?"

Mi prese a coppa il mento, lo aprì delicatamente e poi mi fece scivolare il cazzo in bocca finché non si posò sulla mia lingua.

"Sì, potrebbe funzionare per zittirti."

Sbattei le palpebre, ma tenni gli occhi sul suo viso.

Nel suo sorriso ho potuto vedere il mio riflesso nei suoi occhiali e ho gemito di nuovo.

Ha spinto il suo cazzo più a fondo nella mia bocca, facendomi vomitare.

Si ritirò lentamente e poi tornò dentro.

Più e più volte mi riempì la bocca, la sua pelle rigida mi sfregava contro le labbra bagnate.

Si tirò indietro completamente e sbatté il suo cazzo contro le mie labbra un paio di volte.

"Fai un respiro profondo."

Ho chiuso la bocca e ho deglutito, testando i miei liquidi e il suo precum sulla lingua ora, e poi l'ho aperto di nuovo.

"Che brava ragazza."

Ha continuato a far scivolare il suo cazzo nella mia bocca, le sue mani su entrambi i lati della mia testa.

Quindi spinse i fianchi da una parte all'altra, fottendomi la bocca come aveva la mia figa.

Continuò per diversi lunghi minuti, afferrandomi i capelli con una mano ora, trattenendo la testa all'indietro.

Di tanto in tanto, mi diceva di succhiare o leccare solo la corona.

E a volte si fermava, seppelliva il suo cazzo così profondamente che potevo sentirlo in gola e potevo sentire le sue palle contro il mio mento, l'odore pungente della sua mascolinità invadeva il mio naso.

Si chinò e mi pizzicò il capezzolo o mi accarezzò il petto più volte, ma non indugiò mai troppo a lungo, riempendomi sempre di nuovo la bocca con il cazzo alla profondità e alla velocità che desideravo.

Mi sono lamentato e ho piagnucolato, ma i rumori che stavo facendo adesso erano attutiti.

E sempre, sussurravano parole di incoraggiamento.

"Questa è la brava ragazza di tuo signore. Dio, è così bello avere la bocca avvolta attorno al mio cazzo. Sì, piccola. In questo modo. Hmm. Continuate così."

Con tutto questo movimento, i miei occhiali mi scivolarono sul naso.

"Guardami, Piccola. Oh piccola, sei così fottutamente calda così. Il mio cazzo in bocca, i tuoi occhi su di me. Sei così impotente, in balia di me. E quegli occhiali. Oh, merda!"

Mi ha scopato ancora qualche volta, e poi ho sentito il suo latte caldo colpire il fondo della mia gola.

Mi ha tenuto la testa ferma, il suo cazzo premuto contro la mia lingua e il palato.

Quando ha finito, ha detto:

"Leccalo. Lascialo pulito, piccola."

Ho fatto del mio meglio senza usare le mani.

"Questa è la mia brava ragazza."

Mi accarezzò i capelli finché non fu soddisfatto.

Mi ha aiutato a rimettermi in piedi e mi ha fatto sedere sulla scrivania.

Prima che potessi reagire, mi immerse una mano nella figa e mi coprì la bocca con la sua, facendo tacere il mio grido di sorpresa.

L'altra mano coprì uno dei miei seni e finalmente mi accarezzò il capezzolo dolorante sotto il palmo.

"Vieni per il tuo signore, piccola" sussurrò quando mi lasciò respirare.

Poi mi stava baciando di nuovo, spingendo la sua lingua contro la mia mentre le sue dita giocavano con il mio clitoride.

Questa volta, ho scalato quella scogliera e alla fine sono caduto, il mio corpo tremava sotto di esso.

Inghiottì le mie urla, il suo corpo copriva il mio, premendomi contro la scrivania e il muro, finché non rimasi fermo sotto di lui.

Sbattei le palpebre quando fece un passo indietro, mise via il suo cazzo e si lisciò i vestiti.

Mi aiutò di nuovo a rimettermi in piedi e mi slegò i polsi.

"Vestiti, bambina. Sistemati i capelli."

Raccolsi i miei vestiti da terra sbalordito.

Mi misi rapidamente i capelli in una crocchia e mi raddrizzai gli occhiali.

Una volta che fui curato di nuovo, mi prese la guancia e mi sorrise.

"Ora, riguardo quel libro che stavo cercando ..."

Mi schiarii la gola e tirai fuori dallo scaffale un libro a caso.

"Penso che sia quello che volevi, signore. Era qui in bella vista per tutto il tempo."

"Che motivo hai, signorina. Sono così felice che ci sia un bibliotecario molto competente quando ne hai bisogno."

"Ogni volta che vuoi, signore", gli sorrisi e lasciai gli scaffali. "Ogni volta che vuoi, sono qui per servirti in qualunque cosa tu abbia bisogno."

FINE

www.ingramcontent.com/pod-product-compliance
Lightning Source LLC
LaVergne TN
LVHW041043150826
845672LV00001B/446

* 9 7 9 8 2 2 7 4 0 8 5 8 7 *